I0777435

JESÚS JUAN MOTILLA CHÁVEZ

LAS LAVANDERAS DEL RÍO SALADO

Las lavanderas del río Salado

© Jesús Juan Motilla Chávez
Locarno, Suiza, 2024

De esta edición:
Editorial Salto al reverso, 2024
editorialsaltoalreverso.com

SALTO AL REVERSO

Primera edición: octubre de 2024
ISBN: 979-8-9892753-9-7

Obra de portada: Valentino Del Río

A Marilupe, Gaby y Sofía.

LAS LAVANDERAS
DEL RÍO SALADO

PRÓLOGO

La primera vez que las vi fue en una feria del libro. Llegaron como coloquialmente —y en este caso de manera políticamente incorrecta— se dice: «en fila india», vestidas de tehuanas, con sus huipiles coloridos y sus coronas de gruesas trenzas de color negro azabache rodeando sus cabezas.[1] Sus brazos eran fuertes, musculosos, no por hacer deporte, sino por ejercitarlos diariamente amasando, cargando niños y, sobre todo, lavando ropa en el río.

Tomaron sus asientos en la tarima. Eran siete, y esto me recordó a los Siete Sabios de Grecia de la novela de Ibargüengoitia que ni eran siete, ni eran sabios, ni eran de Grecia… pero estas sí eran siete, y sí eran de Oaxaca, mas no eran escritoras, simplemente «narradoras de historias».

[1]El traje de Tehuana es característico de la región de Oaxaca y consiste en una larga falda enrollada alrededor de la cintura y un huipil. El huipil es una blusa larga, suelta y sin mangas decorada con bordados o tejidos elaborados de muchos colores.

La mujer que presentaba el libro *Las siete lavanderas del río Salado* explicó que dicha obra se trataba de siete historias, cada una relacionada con una de las presentes, pero que habían sido todas contadas en conjunto al padre Anselmo, un joven sacerdote sentado al extremo de la hilera de sillas, que nerviosamente se movía el cuello sacerdotal por el que le escurría sudor, y quien las había escrito por ellas.

La mujer que presentaba, con fuerte acento chilango[2], voz de mandona y cara de tener pocos escrúpulos comenzó a explicar de qué trataban las historias. Las jóvenes oaxaqueñas la miraban sin parpadear y sin mostrar ninguna emoción, a excepción de dos, una que de vez en vez elevaba un milímetro su ceja derecha, y otra que esbozaba una levísima sonrisa (estos pormenores creo que era yo el único que los notaba, pues, como me acusaban mis compañeros, yo siempre tenía memoria para detalles triviales).

Así pues, el público escuchó que la historia de Rosa se refería a su aprendizaje matemático de las fracciones, gracias a haber trabajado en una casa, donde un niño malcriado le solicitaba que sirviera su vaso con leche, pero llenándolo solo entre un medio y tres cuartos.

El segundo capítulo era sobre cómo fue la vida de Estela trabajando como sirvienta de una familia capitalina perteneciente al Opus Dei. Pero que la gente no se preocupara, no todas las narraciones eran sobre sus labores como domésticas. Así Ada, quién elevó su ceja derecha un milímetro más cuando escuchó su nombre, había sido testigo de la muerte de un hombre en el río. Continuando, el cuarto capítulo contaba como a Lila le había faltado el respeto el pastor evangélico de la Iglesia a la que las siete pertenecían —Ada nuevamente elevó un poco su ceja y el padre Anselmo se volvía a acomodar el cuello sacerdotal, mientras movía

[2]Chilango: término coloquial con que se describe a los habitantes de la Ciudad de México.

afirmativamente la cabeza con una leve sonrisa—.

El cuento de Rocío estaba relacionado con su experiencia comprando ropa en los almacenes Woolworth, lo cual causó un estallido de risa entre el público, aunque la presentadora no perdió su papel de seriedad en ningún momento. No obstante, la aludida sonrió y elevó sus hombros y manos, en señal de: «pues ni modo», lo cual causó más carcajadas, aunque más que risas burlonas eran cariñosas. Sus compañeras continuaron sin parpadear ni mostrar ninguna reacción emotiva.

El penúltimo capítulo era sobre el viaje en autobús de Sicarú a Juchitán y el último contaba la conversión de Yela al veganismo. En esta ocasión, tanto la presentadora como Ada elevaron casi al unísono sus cejas derechas.

Para este momento ya me había percatado de que estaban sentadas por orden protagónico y me había aprendido sus nombres.

A continuación, la presentadora comenzó un aburrido discurso sobre la importancia de la diversidad, y cómo la feria del libro aprobaba proyectos que reconocieran la pluralidad, no solamente de género, sino de etnias, minorías y pensamiento. Las mujeres seguían sin cambiar su expresión, a excepción de Ada, quien de vez en vez elevaba milímetros su ceja derecha, aunque, como lo anoté, seguramente el único que se percataba de tan sutil detalle era yo.

Finalmente, el público despertó cuando la moderadora anunció que quedaban todavía un par de minutos para hacer una breve sesión de preguntas y respuestas. Conociendo cómo funcionan estas cosas, inmediatamente levanté mi mano y, antes de que me otorgaran la palabra, me puse de pie y alzando la voz dije:

—Mi pregunta es para la señorita Estela: ¿Qué es lo que más le llamó la atención de vivir con una familia perteneciente al Opus Dei?

El padre Anselmo se enderezó indignado y la presentadora estuvo a punto de decir algo, pero la joven oaxaqueña respondió antes de que alguien pudiera hacer algo.

—Pos que tenían un perro rependejo que se llamaba Tláloc.

El público estalló en unísona carcajada. La moderadora tomó nuevamente la palabra y advirtió con tono severo:

—Debido a la brevedad de tiempo, seré yo quien dé la palabra y es el padre Anselmo, el autor del libro, quien contestará.

El cura asintió con la cabeza, mientras se acomodaba nuevamente el cuello sacerdotal.

La siguiente pregunta se le concedió a una joven que, pese al calor, llevaba un vestido colorido de jerga, su pelo estaba cortado como cabo militar, portaba lentes «de fondo de botella» y un aparatoso *piercing* en la nariz. La pregunta la hizo dirigiéndose directamente a la última de la fila, Yela, y hablándole de tú, le dijo:

—¿Cuáles fueron los motivos por los que decidiste (y con sus dedos hizo el ademán de «entre comillas») convertirte al ve-ga-nismo?

El padre Anselmo tomó el micrófono, se acomodó por milésima vez el cuello, aclaró un par de veces la voz —seguramente para hacer tiempo en lo que pensaba la respuesta—, sonrió para sí mismo —seguramente por habérsele ocurrido una brillante idea— y dijo:

—La historia no habla sobre los motivos, sino se centra solo en las consecuencias.

—Pero a mí lo que me interesan son precisamente los motivos, no lo que diga el libro —apuntó la joven del piercing.

La presentadora tomó la palabra nuevamente y dijo:

—Lo siento, pero no tenemos tiempo para segundas preguntas. ¿Alguna otra persona antes de cerrar la sesión?

El afortunado fue un hombre que portaba una elegante camisa estilo guayabera, que delimitaba un voluminoso abdomen. Llevaba un bonito sombrero panamá y un espeso bigote, que parecía ser la causa de un sudor copioso facial que se limpiaba con un pañuelo amarillento.

—Mi pregunta es —dijo secándose el sudor— para el *gost gruaiter* (así pronunció lo que quiso decir en inglés como *ghostwriter*), es decir, el padre Anselmo, je, je, je.

Nadie se río, ni nadie captó cuál era chiste.

—Bueno, ya sé que hablamos del libro y no de los motivos. —Volteó a ver a la presentadora guiñándole un ojo.

La mujer movió la cabeza como señalizando que era muy poco lo que le pagaban para soportar a semejantes mequetrefes y continuó:

—En este caso, creo que sí es válida la pregunta de cuáles fueron los *verdaderos* motivos del padre Anselmo para plasmar todas estas historias en un libro.

El sacerdote comenzó a aclararse la voz, pero Ada, la que levantaba de vez en vez su ceja derecha se le adelantó, diciendo:

—El verdadero motivo era llevarnos a su iglesia, a ver si nos convencía de cambiar de religión.

La gente estalló nuevamente en risas, mientras que el cura enrojecía como un pimiento morrón.

—Se acabó el tiempo —dijo la presentadora—, pero podrán adquirir algunos ejemplares y recibir el autógrafo del autor, el presbítero Anselmo Del Valle.

Las siete muchachas oaxaqueñas se pusieron de pie y, así como llegaron, se fueron.

Después, gracias a mi labor periodística y un poco detectivesca, me enteré de que todos los ejemplares que llevaban para la feria se agotaron, que al menos dos editoriales se pelearon los derechos de la publicación y que, incluso, se habló de hacer una película al estilo

Roma y hasta una serie de Netflix. Y que Anselmo Del Valle se había decidido a colgar los hábitos para hacerse millonario explotando su libro, pero, así como Ada se le adelantara en la sesión de preguntas y respuestas, así se le adelantó su obispo, que lo mandó llamar con urgencia.

—Padre Anselmo —dijo con severidad —, voy a ser muy directo y usted perdonará mis francas palabras… pero su misión era, claramente, regresar al seno de nuestra Santa Iglesia a todas las almas que nos robaron los pinches evangélicos en la zona del río Salado y, disculpe la franqueza, y… y no andar alborotando a unas indias para escribir semejantes pendejadas, que ya las leí. Usted es cura, no literato… Claro que no hay que menospreciar la cultura de los teólogos, pero usted ni buena ortografía tiene… así que se deja de sandeces y se va a otro pueblo, más lejos, y cuidado y ponga otra vez a escribir estupideces, o a perder el tiempo utilizando los recursos de la Santa Madre Iglesia, porque peligra de excomunión.

Y así terminaron los sueños guajiros del joven cura. Yo me hice, sin embargo, de una copia del libro que se presentó en la feria y pude confirmar que era, propiamente dicho, «basura», pero las historias en sí no eran tan malas.

Aprovechando entonces unos días de asueto, que se debían a mi temporal desempleo, me fui de viaje a Oaxaca y busqué a las siete lavanderas del río Salado. Les pregunté si me daban permiso de volver a narrar sus historias, pero siendo yo quien las contara con mis propias palabras, y sin fin de lucro ni de ninguna otra cosa, y que si por azares del destino había una ganancia económica, serían partícipes. Las mujeres se pusieron entonces a discutir en zapoteco. Rocío levantó los hombros y las manos, igual que lo hiciera en la feria del libro, como diciendo «pos no sé», Ada me miraba de reojo y levantaba de vez en vez su ceja derecha, y Yela (la que se convirtió al veganismo), mordisqueaba una zanahoria.

Después de diez minutos de discusión, aceptaron, con la condición de que, por consejos de Rosa, la que era buena con las fracciones, les entregara siete décimos de las ganancias que yo pudiera lograr.

—De acuerdo —dije yo, —les doy el 70 por ciento de todas las ganancias y me quedo con el 30 por ciento, claro, si se logra sacar algo.

—No —dijo decidida Rosa—, nos das siete décimos de las ganancias y te quedas con tres décimos solamente.

Y así, sin fines de lucro ni de ninguna otra cosa, me puse a reescribir las siete historias de las lavanderas del río Salado.

I
LA HISTORIA DE ROSA
LAS MUCHACHAS LLEGAN A LA CAPITAL

Yolis De la Garza invitó a su casa a las mamás de cinco compañeritos de clase de su hijo Julián, que sabía estaban buscando personal doméstico. Era un viernes después de la escuela, y el motivo era que pudieran elegir a una «muchacha» de siete que habían llegado de Oaxaca a buscar trabajo. Ella se quedaría con dos.

En realidad, las siete muchachas no estaban buscando trabajo, pero la abuela de una de ellas, que había sido en su juventud nana de Yolis, que en esa época todavía no era *De la Garza*, las había encontrado una soleada mañana lavando en el río y les había hablado sobre la oportunidad que existía en la capital para emplear a dos chicas, pero que, porque era la Ciudad de México, sería mejor se fueran en grupo, para cuidarse mutuamente. Ese día había seis mujeres lavando y fue así como, con su nieta, formaron el grupo de siete.

Yolis De la Garza preparó café y compró pastitas del *Alebrije* y después de una breve introducción dijo: —Son todas buenísimas, recomendadas por mi antigua nana que es un *aaa-mor*.

Mandó a llamar a las jóvenes, que aparecieron una tras otra, acomodadas en línea en la parte del comedor, el cual se situaba dos escalones por encima de la sala donde las futuras patronas estaban y, con lo cual, daba la impresión de que entraban en un escenario.

—Veo que son solo cinco y no siete, Yolis... —dijo Paty Vasconcelos en tono de queja

—Si nena, es que yo ya elegí a las dos que se quedan en mi casa...

Vero Múgica y la *Totis* Santiesteban se vieron afirmando exageradamente con la cabeza en señal de «Sí, es justo que, si ella las trajo, tenga prioridad en la elección».

—Bueno, y ¿cómo hacemos la selección, chicas?, ¿qué proponen? —dijo Montse Echeverría mientras se acariciaba su vientre que denotaba claramente su estado de embarazo.

—O sea, yo creo que lo mejor es que cada muchacha se presente, ¿no?, tipo, nos diga su nombre, su edad y pues qué pasatiempos tiene, ese tipo de cosas, ¿no? —apuntó Mago Reynoso, que presumía siempre de ser esposa del director de Recursos Humanos de un importante corporativo.

—Mejor —dijo Vero Múgica—, en lugar de que digan sus pasatiempos, que nos digan para que son buenas, ¿nooooooo?

Todas las amas de casa asintieron, mientras daban un sorbo a su café, dejando rastros de su labial en las finas tazas de porcelana, emitiendo unas risitas de esas que no tienen fundamento y son solo por compromiso.

—Pues empiecen por orden —dijo Mago Reynoso, que asumió su papel de esposa de director de Recursos Humanos.

La primera de la fila dio un paso adelante y dijo:

—*Pos* yo soy Estela, tengo 15 años.

—Y ¿para que eres buena?

—*Pos*... dice mi papá que pa amansar a los animalitos.

—*Perfect* —dijo Montse, mientras se acariciaba el

vientre—. Regis, mi niña mayor, nos pidió para su cumple un perrito, así que yo creo que yo me llevo a esta muchacha.

—Padrísimo —dijo Mago—, pues vamos con la que sigue… Ay, por cierto, ahora entiendo a mi marido cuando habla de hacer *revista del talento*; es justo lo que estamos haciendo, ¿no creen?

Otra vez todas se rieron fingidamente, mientras masticaban una galleta y dejaban la alfombra llena de migajas, que luego las jóvenes oaxaqueñas tendrían que limpiar.

—A ver, tú, ¿quién eres y para qué eres bueeeenaaaa?

—Soy Rocío y soy buena pa lavar la ropa.

—Ayyyy —dijo la *Totis* Santiesteban—, pero, o sea, ¿para lavar la ropa a máquina o a mano?

—Lavo la ropa en el río.

—*Okaaaaay* —se apresuró la *Totis*—, yo me la llevo, pues ya saben que tengo la manía de que la tintorería me eche a perder mis prendas favoritas, ¿no?

Y así, una por una, fueron seleccionadas y, conforme terminaba el proceso, iban a recoger sus pocas pertenencias, mientras que las futuras patronas luchaban para que sus niños dejaran de jugar Wii y se fueran a sus casas.

A Rosa, de catorce años, le tocó irse con la señora Paty Vasconcelos.

En el coche, sentó Paty a su hija Federica adelante y, en la parte trasera, a la muchacha y a sus otros dos niños, Emiliano y José María, a quien apodaban Chema. Había tenido que llevárselos a la selección de la sirvienta porque no había quién los cuidara.

Esa tarde de viernes, la gente regresaba de su trabajo y el tráfico estaba imposible, además de que hacía calor y había mucho *smog*.

Los dos niños se la pasaban peleando, dándose jalones, golpes y todo sobre la pobre Rosa. Además, Paty Vasconcelos era pésima para manejar. Así, entre frenones, el calor, el *smog*, los niños peleándose, la pobre Rosa se empezó a sentir muy mal.

—Mami, mami, Chema ya hizo llorar a la muchacha —dijo Emiliano.

Paty miró en el retrovisor; no solamente Rosa derramaba lágrimas, sino que su tez había cambiado de color moreno oscuro a blanco papel, y sus carnosos labios, que hacían honor a su nombre, estaban completamente trasparentes.

—Ayyyy, ¿qué tienes, niña?

Chillando a moco escurrido, la pobre Rosa contestó:

—Me duele la barriga, como que me da vueltas y me sube y me baja.

—Ha de estar embarazada —dijo la intelectualona de Federica, mientras seguía revisando su celular en la parte delantera.

Paty pisó los frenos con toda su fuerza, para evadir un choque con el carro delantero y, acto seguido, la familia entera gritó, mientras Rosa vomitaba el huevo con chorizo que le habían dado a comer en casa de Yolis De la Garza.

Desde entonces, dijo Rosa, a excepción del patrón que no iba en el coche y se burló de lo que le pasó a su mujer, toda la familia De la Garza *le agarró tirria*.

Por ejemplo, el niño Chema le pedía todas las noches un vaso de leche tibia, pero no lleno, sino solamente «entre un medio y tres cuartos». Rosa no tenía ni la más remota idea de cuánto era eso y, cuando no acertaba por azar a la medida indicada, el niño iba y vaciaba la leche en el fregadero de la cocina cuantas veces fuera necesario hasta que Rosa atinara.

Lo peor es que no era solamente la leche: «Quiero de *lunch* cuatro sextos del pepino». «En este cajón van dos tercios de mis calzones el resto en el otro». «Para la clase de natación ponme en esta botellita cinco séptimos del *shampoo*… y, para cuando regrese, asegúrate de que mi *iPad* tenga al menos dos tercios de batería y que en mi cuarto haya seis décimos del paquete de galletas, si no, verás como te pongo…».

Federica, la hija mayor de la familia, vio a Rosa llorando; la pobre ni siquiera sabía qué era el *iPad* ni cómo calcular seis décimos del paquete de galletas. Cuando Federica inquirió cuál era el problema, trató de explicárselo de la manera más rápida posible:

—Si no sabes matemáticas, vas a tener que hacer todo a mano, *güey*, ni modo… A continuación, vació la caja de galletas sobre la mesa.

—¿Sabes contar?, pues cuentas diez galletas y las pones en una hilera: esta es la galleta uno, esta es la galleta dos, esta, la galleta tres, etc. Ahora vas repartiendo las galletas de una por una, encima de las que ya están en la mesa; empiezas por la galleta uno, luego la galleta dos y así. Muy bien, muy bien, continúa poniendo una por una encima, hasta que todas estén acomodadas. Ahora ya tienes diez grupos de galletas, separas seis grupitos, y eso son seis décimos…

Y la fórmula, si bien era un poco compleja, le funcionó. Así, cuando Chema pidió para comer sopa de letritas con cinco octavos de las letras del paquete, fue tan solo cuando el resto de los niños habían terminado su postre que el malcriado recibió la sopa, pero eso sí, con la cantidad exacta de letras.

Lo único que Rosa no supo cómo medir fue la cantidad exacta entre un medio y tres cuartos de vaso con leche…

Pero, en una ocasión, cuando regresaba el domingo por la noche de su día de asueto mientras la señora Paty y los niños estaban en la casa de campo de Valle de Bravo, y no regresarían esa noche, se encontró al patrón en la cocina con una botella de tequila ya a medio terminar.

—A ver, Rosa, venga *pa'ca*, le voy a enseñar cuánto es lo que *mijo* quiere de leche en su vaso… tráigase el vaso de la leche y tráigame unos caballitos de tequila, como este que tengo aquí...

—Muy bien, ahora eche un caballito de tequila en el vasote... muy bien, Rosa, muy bien. Ahora eche otro... ¿Cuántos van?... ¿dos?, muy bien, ora eche otro... no pierdas la cuenta, Rosita, no la pierdas... ya casi está lleno, ¿no? *Pos* échale otro, *chingaa*...ay, *güey*, casi se derrama, déjame le doy un sorbo...

—*Pos* ya viste: le caben al vasote cuatro caballitos y un medio es la mitad... o sea, dos caballitos... muy bien, ahora me echo un trago y tú te bebes el resto. Eso, mi Rosa, ¡écheselo todo! *Nomás* no me vayas a guacarear ¿eh?

—Ahora, segundo paso: ¿cuántos caballitos de tequila le tienes que poner al vasote para que sean tres cuartos, si es que le caben cuatro?— A Rosa el tequila le avispó el cerebro y contestó:

—*Pos* tres.

—Eso, mi Rosa, eso, bien fregona que me salió, *órale, mija*, échale tres caballitos pa que veas cómo se ven los tres cuartos y luego nos lo tomamos. ¡Salud, mi Rosa!

Después de haber compartido el tequila, de un desagradable eructo del patrón y del inicio de un incontrolable hipo de la muchacha, continuó la lección...

—Mi Rosa, ya no sé cómo explicarte el fin, *güey*... Pero, a ver, echa dos caballitos de tequila al vaso... muy bien eso es un medio... hijo de su fregada, ese chamaco mío me salió remamilas, igualito que la mamá... Bueno, disculpa mi lenguaje, Rosita, es que ando medio *happy* y andamos en confianzas... bueno, entonces, ya tenemos un medio del vaso, si le echaaaaaáramos otro caballito, pues serían tres cuartos... ¿cuánta leche es que quiere ese chamaco malcriado?

—Hip, hip, entre un medio y tres cuartos, *siñor*.

—Ah, pos entonces ponemos dos caballitos y eso es un medio y... ¡ya sé, *güey*!, ¡ya sé! ¡En vez de ponerle el tercero, le pones la mitad y mira... mira... mira! Ya es la medida entre un medio y tres cuartos, *güey*..., ya decía yo, si por algo soy CFO cabr... ¡*give me five*, Rosa!—. Y el señor le extendió la mano, pero a Rosa como que se le movió el piso y mejor corrió al baño a vomitar el elote que se había comprado en la feria ese día con sus amigas.

—Jajaja, pinche Rosa, hija de su madre, nos salió bien pedota la muchacha. —Alcanzó nomás a oír a lo lejos.

Y fue así como Rosa tuvo su primera borrachera y su primera resaca, pero también su comprensión de todo lo relacionado a las fracciones. A partir de entonces, al malcriado del Chema nunca le faltó, durante la presencia de la oaxaqueña en esa casa, leche tibia servida entre un medio y tres cuartos del vaso.

II
LA HISTORIA DE ESTELA
¿CREES EN DIOS?

A Estela no le llamó la atención que la familia Echeverría tuviera siete hijos: en su casa habían sido 8 hermanos…vivos, la familia de su madre eran 10 hijos… conocidos, la de su padre 5… oficiales.

Eran otras cosas las que le sorprendieron y que contaba por *guas ap* a sus amigas oaxaqueñas. En efecto, fue Estela la que descubrió el *WhatsApp* y así, las siete lavanderas del río Salado, pasaban horas en esa plataforma hablando en zapoteco y compartiendo sus impresiones.

La familia Echeverría tenía una casa de tres pisos. La señora Montse le había explicado a Estela que en la planta baja se encontraba la parte *social* y en los pisos superiores, la parte *familiar*, donde en un piso dormía su marido y sus hijos y en otro, ella y sus hijas.

—¿Y cómo es que hacen tanto niño si duermen separados? —preguntó una vez Ada a Estela.

La muchacha les explicó que algunas veces el señor pasaba a visitar a la señora en la noche a su cuarto (al de la señora), pero para ello la señora tenía un calendario *muy estricto*, con taches y palomitas, y cuando había palomitas era que el patrón podía irla a ver… No es que la señora hubiese intimado con Estela, sino que esos eran los días en que el dormitorio tenía que estar con sábanas limpias, almohadas sacudidas, flores frescas, bien aireado, y que Estela se tenía que bañar y ponerse desodorante, antes de pasar a *hacer la recámara*. Generalmente, la señora Montse esos días estaba insoportable y más cuando, al día siguiente, Estela se encontraba con una habitación en la que el patrón no había estado.

Otra cosa que le llamó la atención era lo religiosa que era toda la familia. Eran de una religión que se llamaba el *Ómnibus* de (no sabía *Ómnibus de* qué ni a dónde iba) y tenían una enorme pintura de un señor que escribía con una *baguette* (un pan que compraban muy caro) o algo así. Como fuera, rezaban cuando se despertaban, antes del desayuno, antes de la comida, toda la tarde, antes de la cena y al irse a dormir… y ella tenía que rezar también. Afortunadamente, el domingo era su día libre y no tenía que ir con ellos a la iglesia, lo cual además no quería la señora Montse, para evitar *habladurías*.

…Estela nunca entendió de qué podrían ser las *habladurías*, pero lo agradeció.

Una mañana de sábado, la hija mayor, Regis, estaba haciendo su tarea frente al televisor. De pronto se quedó mirando a Estela y comenzó a interrogarla.

—Estela, ¿tú crees en Dios?

Estela se quedó pensando unos segundos

—No —dijo decidida.

—¿Y crees en la Santísima Virgen? —Tanta pregunta, ponía nerviosa a Estela.

—No, tampoco, Regis.

—¿Noooooo? —La niña la miraba con gran asombro. Tomó su *iPad*, leyó algo y atacó de nuevo:

—¿Y crees en Quetzalcóatl?

Estela estaba tan nerviosa que pensó que lo mejor sería contestar de ahora en adelante en afirmativo.

—Sí, en eso sí creo.

—Ayyyyyy, y... ¿en Tláloc?

—También.

La niña bajó corriendo las escaleras hasta el desayunador, donde se encontraban sus padres tomando capuchino de su sofisticada máquina (que Estela tenía prohibido tocar), con los pies desnudos y vistiendo solo sus pijamas color marfil de dos piezas.

—Mamá, papá, Estela no cree ni en Dios ni en la Santísima Virgen, ¡pero cree en Tláloc!

—Pues entonces, Tláloc le vamos a poner al perro que te vamos a regalar, para que así esa muchacha sepa lo que valen sus creencias en esta casa— dijo el señor de la casa, mientras daba un sorbo a su capuchino y daba la vuelta al *Hola* de su esposa.

Fue por ello que al pequeño perro de Regis le nombraron Tláloc y a Estela le dieron la tarea de convertir a su ídolo salvaje en el animal doméstico de una familia cristiana, apostólica y romana.

El problema no fue que Estela no hubiera logrado entrenar al perrito, sino que se comunicaba con él solo en zapoteco. Entonces cuando ella le decía «siéntate», el cachorro lo hacía, pero si se lo decía Regis, la señora Montse o su marido, el perro se quedaba sin saber qué hacer, lo cual ponía furioso al patrón:

—Ese Tláloc está *rependejo*.

A lo que siempre su mujer le contestaba:

—Amor, no digas esas palabrotas, acuérdate de que con esa boca vas a comulgar el domingo.

Para Estela la tarea no había sido fácil. Ella era buena para amansar a las cabras, asegurarse de que las gallinas no se esparcieran, que los perros no mordieran, pero no sabía cómo enseñar los trucos que los niños de la familia Echeverría esperaban.

En una de esas ocasiones en que había una palomita en el calendario de la señora Montse, para la cohabitación, y su marido prefirió irse directo a su cuarto a ver el futbol, la señora estaba de muy mal humor al día siguiente, y le dio una buena advertencia a Estela:

—Tú dijiste cuando te hice EL FAVOR de traerte a esta casa, que eras buena para domesticar animales. Por eso te traje. Tláloc NO DEBE hacer ni pipí ni popó adentro, y quiero que lo haga en un rinconcito del jardín, no que deje todas sus suciedades por todas partes. Tiene que sentarse y dar la pata y revolcarse, cuando se le dé esa orden. No me importa cómo lo vas a conseguir, pero te juro…. te juro… ¡mira lo que me haces decir! ¡Bueno, por esta, que te largas a la calle y no te pago si no logras que Tláloc haga lo que mi Regis quiere!

Estela estuvo horas en el *guas ap* con sus compañeras. Todas le dieron ideas, pero a la pobre no le funcionaban, hasta que se dio cuenta que el perrito adoraba unas cosas raras que la familia comía, en forma de… mejor no se quería imaginar, llamadas salchichas. Y con pedacitos de ese alimento asqueroso y aguado, y con mucha paciencia, logró que Tláloc hiciera los trucos.

En una ocasión Montse invitó a una amiga a desayunar.

—Qué bonito perrito —dijo la amiga.

—A ver, siéntate, Tláloc, y dale la pata —el cachorro se quedó tan solo moviendo la cola, e incluso ladró.

—¡¡¡Estela!!!

Estela llegó corriendo y dijo algo en zapoteco al animal disimuladamente, mientras que discretamente le ponía un pedazo de salchicha en el hocico. El perrito se sentó y le ofreció la pata a la visitante.

—¡Ay qué divino, Montse!

—Bueno, Estela, ya llévate al perro y ve a ver si ya se despertó el bebé —dijo un poco avergonzada la señora Echeverría.

—Ay, Montse, ¿cómo te va con esta muchacha indígena? —susurró la amiga visitante.

—Pues más o menos, nena, es muy raro, pero fíjate que el maldito perro solo obedece cuando ella le habla…

—¡Reina!, ¿es que no has oído? Tu muchacha le habla en su lenguaje. Seguro que el perro no entiende español…. Montse, ¿que tienes?

—Ay, ayyyyy… que ahora me pongo a pensar, por qué mi bebé nunca me sonríe ni me hace caso, y en cambio a Estela sí…. ¡Seguro porque no entiende español!

Montse estuvo deprimida por dos semanas, tras el parto, su marido no la visitaba con frecuencia en los días indicados; el perro y su bebé entendían solo zapoteco, la muchacha creía en ídolos precolombinos y no encontraba a nadie que pudiera sustituirla, proveniente de una familia católica, apostólica y de *La Obra*… Finalmente se decidió a despedir a Estela, aunque se quedara sin ayuda por un tiempo…

Pero no tuvo que hacerlo, puesto que antes Estela renunció… o más bien se fue, junto con las otras seis que así como llegaron todas juntas un día soleado, portando sus huipiles coloridos, así se fueron una tarde de lluvia, todas juntas y con los mismos huipiles.

III
LA HISTORIA DE ADA
EL CADÁVER EN EL RÍO

Jonathan era un joven canadiense que recientemente había terminado sus estudios universitarios. Hijo único de un exitoso abogado y de una asesora en finanzas, tenía todo y más de lo que necesitaba para llevar una vida tranquila y sin preocupaciones financieras.

No obstante, sentía un gran peso por la enorme presión por parte de sus padres de cumplir con ciertas expectativas. Se esperaba que obtuviera un trabajo de esos de casi 20 horas al día en una famosa institución financiera y que hiciera una carrera semejante a la de sus progenitores, que formalizara su relación con su novia de varios años y que comenzara a hacerse de su propio capital.

Poco después de su graduación, Jonathan comenzó a cuestionarse si lo que se esperaba de él era lo que realmente ÉL quería, o si simplemente seguía a ciegas las expectativas de sus padres y de su ambiciosa pareja. Se preguntó si en verdad deseaba llevar la misma forma de vida de sus padres, «vivir para trabajar y no trabajar para vivir» y dar su tiempo y su preciosa existencia a una institución que enriqueciera a otros.

De pronto, tampoco estuvo seguro si Madeleine, su novia, era la persona con la que quería pasar el resto de su vida y convertirla en la madre de sus hijos. Poco a poco sintió que comenzaba una crisis; un día despertó con la convicción de que la vida es solamente una, que pasa muy rápido y que él no tenía la más remota idea de lo que quería hacer con ella.

Fue entonces, por casualidad, que dio con un canal de la plataforma YouTube de un joven norteamericano llamado Ross, que había decidido dejar todo para disfrutar de la vida: se había convertido en lo que él mismo llamaba un *nómada digital* y pasaba sus días viajando en una motocicleta por todo el continente americano, financiándose a través de su contenido digital en distintas redes sociales.

Ross era fuerte, bronceado, con una melena espectacular, salía en sus videos siempre sonriendo y pasando el mejor tiempo de su vida en su motocicleta. Conocía gente de todo el mundo, hacía grandes amistades, veía los mejores atardeceres y se bañaba desnudo en el mar, experimentando «la máxima libertad jamás sentida».

Jonathan se suscribió a su canal, lo siguió por sus redes sociales y le escribía, pero Ross era tan popular que recibía cientos de miles de mensajes de todo el mundo y Jonathan no era uno de esos *influencers* a los que convenía dedicar tiempo.

Pero Jonathan no se impacientó, seguía todas las hazañas de Ross y continuaba felicitándole, haciendo comentarios sobre su contenido y, sobre todo, pidiéndole consejo.

Sucedió que un día recibió un mensaje de respuesta: «Ve a Oaxaca, la gente allá te trata increíble».

Jonathan, no necesitó más, y durante las siguientes semanas en las que debía prepararse para todos los centros de evaluación de potenciales empleadores, se dedicó a planear su escape de Canadá y su futura vida de hedonismo *a la Ross*.

Desde luego, cuando *soltó la sopa*, sus padres estuvieron no solamente en desacuerdo, sino muy decepcionados. Pero había una pequeña herencia de una abuela que le otorgó los fondos necesarios para hacerse de un plan para viajar a Oaxaca, aquel lugar místico y encantado en México, que Ross tanto había disfrutado. ¿Que qué haría tras su viaje? Ya el destino le indicaría… Madeleine estaba deshecha cuando le dio las noticias acompañadas de la información de que no se comprometería con ella y que tal vez sería mejor terminar su relación hasta que él volviera.

Poco antes de que Jonathan dejara Canadá, Madeleine ya estaba saliendo con uno de sus mejores amigos… Mejor así, ahora la nueva vida del joven tendría más justificación.

Al llegar a Oaxaca, el panorama encontrado distaba de lo idílico que veía en las redes sociales y los videos de Ross.

Con su muy mal español tuvo dificultades para encontrar hospedaje, para comprar un coche usado (no se atrevía a viajar solo en motocicleta como su héroe digital), para conocer gente. Si bien los oaxaqueños eran amables, en un principio su estadía en la capital del Estado no le otorgó las decenas de amistades que se esperaba. Tampoco conoció a otros aventureros como él. La comida era buena pero desconocida, y no tardó en experimentar la temida *Venganza de Moctezuma*.

Los primeros dos meses fueron un infierno para Jonathan… o visto desde otra perspectiva, más bien un purgatorio ante el verdadero infierno con el que tendría que carearse poco tiempo después. Pero en esa época logró mejorar su español, conoció la región, acostumbró a su estómago a la comida y bebida regional y se armó para hacer su recorrido en su auto por los lugares más recónditos de la zona, en busca de la aventura que conoció en los videos de Ross. Se dejó crecer el pelo y la barba y vestía como una mala réplica de Indiana Jones, dejando ver un cuello bastante rojo por las quemaduras de sol.

Así se hizo camino. Y no le fue tan mal. Llegó a los pueblos más escondidos, donde no había ni hoteles ni restaurantes, y tenía que vivir de la bondad y caridad de los habitantes; a veces se encontraba con un río o con grandes campos, otras con iglesias y conventos perdidos. Tenía muchas veces miedo, pero siempre encontró un alma sonriente, que le tendió la mano cuando se le acabó la gasolina, cuando se le ponchó la llanta o se quedó atorado en el lodo, cuando no tuvo donde comprar agua, comida, o rentar un lecho para dormir.

Comenzó a ver la vida de distinta forma, a entender que sus valores no eran universales, que existía otra cara de la humanidad, otra realidad muy diferente a la de su casa y automóviles y sus padres exitosos en Canadá. Creía que estos descubrimientos comenzaban a otorgarle la verdadera felicidad que creyó haber conocido, pero que en realidad había sido una falacia.

Y fue entonces que sucedió….

Jonathan iba manejando una soleada mañana, cuando llegó a una angosta carretera sin tantos hoyos y que en un determinado momento se convirtió en una larga recta que parecía no tener fin. Llevaba las ventanas bajas y podía escuchar solamente los sonidos de los animales; a los costados había tan solo vegetación abundante. Decidió entonces aumentar un poco la velocidad, mientras silbaba una alegre canción y sentía que estaba de tan buen humor como no lo había estado en mucho tiempo.

Habían pasado como veinte minutos o media hora, al tiempo que pensó que esa recta jamás terminaría y que allí no parecía haber ningún ser humano, cuando de repente se percató cómo, desde uno de los costados, tras los arbustos, salía una joven mujer indígena, con un pequeño como de un año en los hombros, amarrado con una especie de rebozo, y tras de ella otro niño como de cinco o seis años. Cruzaron corriendo la carretera y él logró pisar a tiempo los frenos para no atropellarlos.

Lo que a continuación sucedió no se lo pudo explicar. El pequeño grupo parecía ya haberse internado en la selva del otro lado de la carretera, cuando Jonathan puso su pie nuevamente en el acelerador, y entonces el mayor de los niños dio la media vuelta y corrió hacia el camino. Jonathan tan solo alcanzó a ver una gran sonrisa, enseñando una dentadura amarillenta y chimuela, antes de que el chico volara por los cielos y cayera sobre el pavimiento a unos cuantos metros.

La madre dejó al bebé que llevaba en sus hombros al costado de la carretera, mientras corría a tomar a su otro hijo con el cráneo destrozado en sus brazos. La mujer lloraba y gritaba desesperadamente, el bebé estaba tirado del otro lado, al rayo del sol, y también chillando. Jonathan no sabía qué hacer.

Lo primero fue tomar al bebé de la calle, no se podía permitir que algo le pasara a la otra criatura. Luego fue con la mujer para ofrecerle llevarla en su auto hasta el siguiente poblado, pero la joven madre no hablaba español y solamente gritaba y lloraba, apartándolo de sí.

Fueron minutos que parecieron horas los que pasaron antes de que un hombre transitara en su motocicleta. Se detuvo para ver lo que sucedía y en su mal español Jonathan le pidió que convenciera a la mujer de subirse a su coche, para llevarla al siguiente poblado. El pequeño al que había atropellado estaba claramente sin vida.

El hombre de la motocicleta dijo algo en zapoteco y la mujer sin dejar de gritar y llorar, y olvidando a su otro hijo, finalmente se subió a la parte trasera del auto con el niño muerto en sus brazos. Jonathan, con una mano en el volante y con la otra sosteniendo al bebé en el asiento delantero, siguió al motociclista que salió de la carretera principal, para llegar más pronto al hospital más cercano.

El viaje duró casi tres horas. Ciento ochenta minutos en que Jonathan no dejó de escuchar los gritos y llantos de una madre desconsolada y desesperada. Mil ochocientos segundos en los que un bebé no dejaba de llorar tras su mano que lo sostenía contra el asiento de un vehículo mugroso, viejo y con olor a muerte… tres horas en que no dejó de ver por el retrovisor la sonrisa de una cabeza destrozada de un inocente, que había dejado de vivir… por su culpa.

Sí, era su culpa. Por haberse ido de su casa, por haber cuestionado lo que la vida le había originalmente ofrecido, por haber sido tan arrogante para pensar que tenía derecho a una vida más feliz, cuando a él no le faltaba absolutamente nada… Era su culpa por no haber esperado más antes de pisar nuevamente al acelerador. Era su culpa por no hablar zapoteco, por no saber primeros auxilios, por… era su culpa, y solamente suya.

Una vez que llegaron al hospital, llamó a su padre, el famoso abogado canadiense.

—No te muevas de ahí hasta que te vayan a buscar del consulado. —Fue lo único que escuchó de su padre… ni una palabra más ni una menos.

A la mañana siguiente, menos de 24 horas después de haber hablado con su padre, llegó un abogado oaxaqueño enviado por el consulado de Canadá. Tomó la declaración de Jonathan y le pidió una firma, para darle el poder de representarlo. El hombre fue a hablar con las autoridades y regresó al poco tiempo, para decir que claramente que había sido un accidente y que podía irse.

Jonathan preguntó qué había sucedido con aquella pobre mujer y su otro hijo, dónde y cómo se costearía el entierro, y qué podía hacer para ayudarla. El abogado le dijo que esa mujer no era de ahí, que ni siquiera sabía su nombre, que ya no estaba y que lo mejor era que cuanto antes se regresara a Canadá y se olvidara de todo…

Pero Jonathan no lo hizo. Se quedó en la zona. Trató de buscar a la joven mujer. Aunque todo el mundo de los alrededores sabía quién era él y lo que había sucedido, todos fingieron no estar enterados de nada.

Jonathan estuvo encerrado dos semanas en un pequeño hotel de un pueblo más grande, cerca de donde acontecieron los hechos. Lo único que había en su mente era el recuerdo de la joven madre en al asiento trasero gritando desesperadamente, mientras mecía en sus brazos el cadáver de su pequeño hijo aún sonriendo.

Los recuerdos lo atormentaban cada vez más, hasta que llegó el punto en que supo que no podía soportar más el dolor, que nada ni nadie le quitaría ese cáncer psicológico que lo invadía agresivamente y con una celeridad impresionante.

Entonces una mañana decidió dejar el hotel. Con sus dólares no le fue difícil conseguir una pistola cargada. Manejó unos cuantos kilómetros en lo que pensaba que era la dirección donde el accidente había ocurrido. Pero se equivocó y llegó a un río.

Dejó el automóvil aparcado, bajó hasta el río y comenzó a caminar dentro del agua. No hizo ninguna ceremonia ni acto de conciencia ni volteó a ver por última vez el cielo. Le urgía deshacerse de ese insoportable dolor y lo único que quería era apartarse hasta un lugar donde no llamara la atención. Cuando llegó al punto en que el agua iba más rápido, se colocó el revolver en la boca y se quitó para siempre la pena que no lo dejaba vivir más. La corriente entonces se lo llevó.

Ada fue, como todos los lunes temprano en la mañana, a lavar la ropa al río. Conocía el lugar como la palma de su mano; era impresionante cómo podía distinguir en el agua su temperatura, color, su aroma y, sí, hasta su aspereza. Y esa mañana había algo raro en el agua del río Salado, algo que no había experimentado en toda su vida, de eso estaba segura…

Corriente arriba algo contaminaba el agua, pero no era un detergente ni desechos, tampoco un animal muerto… ella conocía perfectamente cuando algo cambiaba la composición del vital líquido.

Ada era de carácter curioso, lo cual chocaba con todos sus hermanos, que la molestaban diciéndole cosas como: «La curiosidad mató al gato» y en algunas ocasiones frases más violentas: «Tu ocúpate de tus cosas y no te metas en lo que no te importa». Pero a ella nadie la asustaba; le gustaba llamar a las cosas por su nombre, asegurarse de que se le tratara justamente y no se opacaba ante nada ni nadie.

Por ello era una de las feligresas preferidas del padre Dave, aquel misionero evangélico que llevaba ya varios años establecido en la región del río Salado. Aunque, a decir verdad, también le incomodaba que fuera la única mujer de su congregación que lo retara con preguntas pragmáticas, que en más de una ocasión lo ponían en aprietos.

Ada decidió posponer el lavado de la ropa… no iba a limpiar nada con aguas cochinas que no supiera qué llevaban; ese fue el argumento que dio a sus vecinas, cuando la criticaron por suspender la labor. Decidió hacer una caminata para encontrar la causa del cambio en el líquido.

Tres horas de andar por piedras fue lo que tardó en llegar hasta un cuenco donde había quedado atorado el cadáver de Jonathan. La sangre ya había sido lavada por la corriente del agua y, si bien no había rastro de la pistola, para Ada siempre estuvo claro que había sido un suicidio. Aunque carecía de pruebas técnicas (las cuales fueron más adelante confirmadas por un médico forense), así lo declaró ante el Ministerio Público.

Ada supo de inmediato que el cadáver era el de aquel joven extranjero que había matado a un niño de una región un tanto lejana, pues como se dice: «las noticias malas tienen alas». En su pueblo ni conocían a la mujer, pero pronto se supo el acontecimiento, al parecer, en todos los rincones del municipio.

Se supo que la joven madre había sido renegada por su familia cuando tuvo a su primer hijo, que estaba sola en la vida, y que por ello aquel cadáver extranjero no podía corresponder a la consecuencia de un asesinato por alguna venganza, considerando que a aquel joven no se le había negado la libertad tras el fatal suceso. Si bien se hablaba de un accidente, no faltaban maldosos que inventaron que el canadiense era un pervertido que quiso asesinar a propósito a un infante indígena.

Como fuese, Ada solamente se dio a la tarea de ir al cuartel de policía más cercano para reportar su hallazgo.

Al principio, no le creían. Se burlaron de ella; que seguro había tomado algo y tenía visiones, que en esos lugares no había hombres con las características que ella había descrito… «Al parecer no están enterados de lo que sucedió cerca de San José». A los policías les impresionó la seguridad con la que Ada hacía esa acusación y pensaron, que sería mejor creerle y seguirla.

Ya estaba oscureciendo cuando encontraron el cadáver de Jonathan. Uno de los policías se impresionó y tuvo que volver el estómago. Se excusó diciendo que había visto muchos asesinados, pero a ninguno extranjero.

Como el lugar era difícil de acceder, tardaron bastante en poder remover el cadáver. A continuación, hubo una serie de trámites y diligencias que duraron semanas y que, obviamente, incomodaron a Ada; le quitaban su valioso tiempo y le enojaba que, por una debilidad de un extranjero, no pudiera dedicarse a lo que era realmente prioritario para ella. Pero sabía que había hecho lo correcto, y era evidente que ella no estaba dispuesta a lavar su ropa con agua *lava-cadáveres*, como dijo a sus vecinas. Lo cual resultaba una ironía pues los ríos de esa región son de los más contaminados del Estado.

Finalmente, el consulado de Canadá en México intervino. Si bien hubo testigos de que Jonathan había comprado una pistola el mismo día en que los peritos declararon la fecha de su muerte, con un calibre que correspondía con la bala que le atravesara la cabeza, su familia no estaba dispuesta a aceptar tal versión. Su hijo tuvo que haber sido asesinado por indígenas criminales, narcotraficantes y salvajes. Cuando supieron que la posible causa del suicidio fue el hecho de que Jonathan hubiese accidentalmente matado un niño, entonces decidieron que su hijo había sido asesinado por venganza.

«La cobardía del canadiense», contó Ada al padre Anselmo del Valle, fue un acto egoísta que, en lugar de castigarle por lo que hizo, causó más problemas a la familia del niño muerto. El padre de la criatura (que ni siquiera supo hasta entonces que era su hijo), el hermano de la madre y el abuelo —los hombres más cercanos al chico atropellado— se convirtieron en los principales sospechosos de un supuesto asesinato, y fueron detenidos.

Y, como lamentablemente sucede en México, a diferencia de Estados Unidos o Canadá, uno es culpable hasta que se demuestre lo contrario; esos tres hombres siguen detenidos esperando juicio.

IV
LA HISTORIA DE LILA
EL PASTOR APROVECHADO

Sócrates era un chico *abejado*, solía decir el padre Dave. David Griffith era un pastor evangélico que había llegado varios años antes a la región del río Salado como misionero y que en aquellas épocas no hablaba español. Por eso nunca corrigió a sus feligreses conversos cuando lo llamaron padre, aunque los evangélicos prefieren ser pastores. Su español mal aprendido era una mezcla de palabras sueltas y mala gramática junto con frases zapotecas que su congregación utilizaba con frecuencia. En alguna ocasión alguien dijo que otro individuo era *avispado* y cuando preguntó que significaba eso, le explicaron lo que era una avispa y él pensó que se referían a una abeja. De ahí surgió el término *abejado* que más adelante su congregación utilizó como si fuera una forma correcta y elegante de decir que alguien era inteligente.

En cuanto a Sócrates, este fue un niño no deseado, hijo de un alma perdida en la región que se dedicaba a la prostitución. Que quién fue el padre, o por qué la madre le puso Sócrates, nunca se supo, solo que la mala mujer (en realidad, una adolescente) fue a dejar a la criatura a la casa de sus padres. Los abuelos fueron criticados, repudiados y solamente aquel extranjero de largas mechas y barbas rubias, el padre Dave, fue quien les abrió las puertas y les dio frijol y dinero para que sembraran su parcela y no tuvieran que depender de malos trabajos de los que los habían despedido por ser padres de una prostituta.

Los jóvenes abuelos no solamente se convirtieron a la religión del padre Dave, sino que también le quedaron eternamente agradecidos por haber sido el único que los acogiera y defendiera ante la congregación y, por ello, en cuanto Sócrates se pudo valer por sí mismo, se lo enviaban a diario para que ayudara en lo que fuera necesario.

En realidad, el gesto tenía doble intención, ellos no tenían que ocuparse de la criatura mientras estuviera con *el padrecito* y además regresaba bien comido. El niño iba con gusto al templo a ayudar a ese gordinflón risueño y bonachón en lo que se necesitara.

Para el padre Dave, que comprendió desde un principio la doble intención de los abuelos de Sócrates, las visitas del chico se convirtieron en una ilusión.

No hacía mucho que su mujer, quien no soportó la vida de la misión, lo había dejado, y nunca llegaron a tener descendencia. Aunque más de alguna feligresa convertida se ofreció a darle hijos, o por lo menos el placer de su fabricación, él no estaba dispuesto a corromper su ética y menos a ser acusado de a lo que a sus colegas católicos se les imputaba y que ellos a su vez lo insinuaban como peligro de quienes se iban a su Iglesia.

Fue entonces que se hizo a la idea de que nunca tendría hijos. Pero un discípulo, ¿por qué no? Sócrates era un buen chico y como esponja aprendía todo lo que Dave le enseñaba, ya fuera desde cómo preparar la tierra para sembrar algunas semillas, como poner la lumbre para calentar la comida, o los versículos bíblicos que compartía cuando le *administraba la Palabra*.

Un buen día se les quemó la milpa a los abuelos de Sócrates, o se la quemaron algunos enviados de los enemigos de los protestantes, como se dijo después. Decidieron que lo mejor era irse a la capital, donde alguien les daría trabajo en una casa y fueron a despedirse del padre Dave.

—Padrecito —le dijo el hombre—, antes de irnos queremos darle un regalito. Le dejamos a nuestro niñito, pa que siempre le ayude. Y sin decir más, la abuela empujó a Sócrates con una bolsa con sus pocas pertenencias y se fueron.

Dave tuvo así a su «discípulo», a quien desde entonces comenzó a preparar para que un día se convirtiera en su sucesor. Y es que nadie más de Estados Unidos lo podría sustituir, porque al llegar a la región del río Salado y ver la pobreza y la forma en que vivía la gente, decidió hacer las cosas un poco diferentes de como sus jefes le habían dicho, llegando el momento en que hubo discrepancias, al punto en que el padre Dave tuvo que hacer un cisma y fundar su propia Iglesia.

Y qué mejor que un indígena, alguien de la región como Sócrates, fuese quien se quedara al pie de la misión cuando el buen Dios llamara de esta tierra a su fiel servidor David Griffith.

Sócrates fue creciendo y su español era tan malo como el del padre Dave, además de que a veces emitía palabras con acento inglés, lo cual causaba la risa de otras personas, en especial de muchachas de su edad, las cuales ponían nervioso a Sócrates. Por ello, pese a los ánimos de su protector, era tímido y reservado, tratando de estar lejos de la gente, aunque el padre Dave ya anunciaba al adolescente como su mano derecha y un futuro pastor de su Iglesia.

Una mañana de verano, de esas muy calurosas, Sócrates estaba caminando por el campo en busca de madera que se necesitaba para reparar una parte del templo, que en realidad nunca se había terminado, pese a llevar años construyéndose.

El sol parecía filtrarse por las plantas, como llamas, y la humedad habían hecho que su sudor dejara sus ropas mojadas por completo. Se quitó primero la camisa, después el pantalón y así siguió caminando en calzoncillos por la selva, hasta que oyó el agua del río… seguro que donde andaba nadie lo vería y se daría un chapuzón para quitarse el calor. Dejó sus cosas apiladas y, ya estando como Dios lo envió al mundo, se acercó a la orilla.

Vaya susto que se llevó al ver de pronto a una mujer que río adentro salía del agua. Contempló primero su espalda cubierta por su larga cabellera negra y supo que estaba desnuda al divisar el comienzo de su trasero que quedaba por encima del agua. Al darse la vuelta, supo que la conocía: era Lila, una de esas muchachas que se burlaban de él cuando hablaba.

Lila, que también se sorprendió al pensar que estaba sola, primero cubrió sus grandes senos con sus manos, pero casi de inmediato movió sus manos para taparse la boca y disimular su risa, mientras sus grandes ojos de color café con leche clavaban su mirada en el miembro erecto de Sócrates. Este se resguardó con las manos y se dio la vuelta para irse, pero entonces Lila le llamó por su nombre:

—¡Sócrates! Metete al agua, ven, está muy buena… no tengas miedo, no te hago nada, pues.

Sócrates tímidamente y, sin dejar de quitar sus manos de su miembro, entró al agua y, al dar precavidamente un segundo paso, se resbaló y quedó por completo sumergido. Lila no dejaba de reír, y le invitó a que se acercara. Una vez que estuvo frente a ella, y sin saber por qué, o cómo fue exactamente que sucedió, la chica brincó sobre él, abrazando su cuello con sus brazos y su cadera con sus piernas, y entonces ahí en el agua se posicionó de tal forma que Sócrates pudiera penetrarla, y fue así que ambos dejaron su virginidad en el río.

Tras el primer y torpe encuentro, descansaron en la orilla para secarse con el sol y esta vez, bajo la iniciativa de Sócrates, se amaron por segunda vez.

Se arrimaron a un árbol para que el sol no quemara sus pieles ya tostadas naturalmente y se quedaron dormidos. Al despertar ambos estaban ya completamente desinhibidos y sabiéndose solos y pensando que sus gemidos se confundirían con los sonidos de los insectos y animales de la selva, se dejaron llevar por sus instintos, sentimientos y sensaciones, como si el mundo a su alrededor no existiese.

En cada pueblo o localidad, existe siempre alguien a quien la vida no ha privilegiado. Este era el caso del Tuerto un pobre hombre que, como su apodo lo indicaba, carecía de un ojo. Pero no era solo eso lo que asustaba a sus vecinos, en especial a los más jóvenes, sino el hecho de que era un hombre de esos que parece haber sido siempre viejo, encorvado, cojeando, con largos pelos y barbas maltratados, y un olor del que hasta los animales huían.

El Tuerto llevaba años de un lado para el otro, asustando a niños tímidos y corriendo de las pedradas que los audaces le arrojaban. Vivía buscando comida y ropa entre la basura y encontrando oportunidades para chantajear o extorsionar. Nadie sabía ni donde vivía ni cómo se llamaba. Ni el padre Dave, quien en más de una ocasión intentó *administrarle la Palabra* y llevarlo a su rebaño.

Lila y Sócrates eran quienes menos sospechaban que, tras un grueso árbol, junto a la orilla del río en la que los jóvenes se amaban, tenía su guarida el Tuerto.

La relación entre Lila y Sócrates duró varios meses y nadie nunca supo de quién fue la culpa de que la muchacha no quedara embarazada.

Hablaban muy poco o, en realidad, solamente intercambiaban palabras para ponerse de acuerdo del día y más o menos la hora en que se encontrarían en el mismo lugar de siempre para dar vuelo a sus pasiones.

Tenían ya su ritual. Lila lo esperaba en el río, donde aprovechaba para lavarse y hacía que él se metiera a jugar con ella. A veces se amaban en el agua, otras tan solo jugueteaban. Salían para secarse bajo el sol y una vez secos hacían el amor. Se quedaban dormidos abrazados y al despertar, si todavía tenían tiempo y energía, repetían el acto. Si estaba lloviendo, Lila esperaba a Sócrates en una pequeña cueva, a unos cuantos pasos.

Lila sabía perfectamente lo que estaba haciendo y cuales podrían ser las consecuencias. Escuchó de una prima mayor, que, si se lavaba al día siguiente con pelos de elote, evitaría un embarazo. Así lo hizo siempre sin faltar una sola vez.

En cambio, Sócrates, tan solo sabía que lo que hacían era *malo* y jamás se atrevería a hablar de ello con el padre Dave. Pero el pastor lo comenzó a notar muy cambiado y pronto sospechó que tal vez había llegado el momento en que el chico se estaba convirtiendo en hombre, y que era posible que estuviera enamorado. Lo que nunca imaginó es que estuviera teniendo, desde hacía meses, relaciones sexuales con una de sus feligresas.

De todas formas, porque más vale prevenir que lamentar, el padre Dave debía tener esa seria discusión, que resultaba tan incómoda para el maestro como para el discípulo.

—Sócrates, ¿entiendes entonces qué significar fornicar?

—Sí, padrecito.

—Explica con tus palabras exactamente qué *significar*.

—No, padrecito.

—Sí, Sócrates, decir, por favor. Necesitar saber qué tú entender.

Sócrates dejó su color de piel tostada, para convertirse en color camarón y bajando la cabeza y casi casi murmurando explicó, muy detalladamente, lo que el solía hacer con Lila a orillas del rio. El pastor se sorprendió de lo bien que su discípulo había comprendido las mecánicas del pecado.

—Muy bien, Sócrates, muy bien. Pues eso, que acabas de explicar, PROHIBIDO hacer, hasta que te cases.

De rojo camarón pasó a blanco hostia, el color de la cara del muchacho.

—¿Qué pasa, Sócrates?

—Nada, padrecito, nada.

El pobre Sócrates no pudo dormir durante noches. Y eso que no sabía que, con un solo ojo, no solo Dios sino el Tuerto, veían lo que él y Lila estaban haciendo…

Sócrates llegó bastante tarde un miércoles después de haber hecho el amor tan solo una vez con Lila. La muchacha tenía un mal presentimiento y no quiso continuar… mejor que no se vieran en dos semanas. Fue la primera vez que pelearon: ¿acaso no se estaba cuidando ella y lavando con pelo de elote, como tenía que hacerlo? ¿Acaso él no podía soportar sus calenturas animales?

Cuando Sócrates entró en el jacal que compartía con su protector, vio que el padre Dave estaba sentado en esa posición en la que, o bien le iba a *administrar la Palabra*, o le iba a reprender por algo.

—¿Dónde estabas, Sócrates?

—Fui al río, padrecito.

—¿Por qué?

—Fui a recoger frutas de los árboles que están *cercas*.

—¿Y dónde están las frutas?

—Me las comí, padrecito.

—Sócrates, ¿es cierto lo que dice el Tuerto?

—No, no es cierto, padrecito, no es cierto.

—¡Pero no sabes qué dice!

—El Tuerto siempre dice mentiras, padrecito.

—Tener razón, Sócrates, eres *abejado*… pero decir algo: ¿tú fornicar con Lila?

—No padrecito, no, de veras que no…

El Tuerto había ido a visitar al padre Dave un par de días antes, y le había soltado las noticias de una forma muy sutil:

—Padre Dave, ese muchacho Sócrates, ¿a qué se dedica?

—Es mi discípulo: el será el futuro pastor de mi Iglesia.

—¿Y los pastores pueden tener relaciones sexuales fuera del matrimonio?

—No, claro que no.

—Entonces, ¿es que Sócrates y la Lila se casaron y no me invitaron a la boda?

El padre Dave se negó a creer lo que decía el Tuerto… seguro era una de esas trampas que sus *colegas* católicos le querían poner para desprestigiarlo, sobre todo porque seguía ganando adeptos que se pasaban a su bando. Echó de su templo al Tuerto, quien no desaprovechó para recomendarle que él mismo preguntara a su discípulo.

El padre Dave supo que había algo que Sócrates se traía entre manos. Se ausentaba, estaba distraído, pero siempre de buen humor; 2+2 siempre es 4, le había dicho una vez un profesor… y lo nervioso que se había puesto, tras su interrogatorio.

Pasaron casi tres semanas hasta que lo pudo seguir. No era fácil, Sócrates se movía entre la maleza sin andar por caminos predeterminados y a una velocidad a la que el padre Dave con su sobrepeso no podía mantener, pero esto era mejor, así él era capaz de seguirlo de lejos y sin levantar sospechas por el ruido que hacía al caminar.

Cuando escuchó el sonido del río a lo lejos, el padre Dave se detuvo y estuvo dispuesto a darse la media vuelta, seguramente era un malpensado y el pobre Sócrates tan solo iba a bañarse. Pero cuando escuchó las risas de una mujer y, más adelante, los sonidos propios de la cohabitación —aquellos que hacía años no escuchaba— se acercó para observar con sus propios ojos el pecaminoso espectáculo.

Sócrates estaba fornicando con una feligresa, ¡menor de edad! (bueno, aunque él era también menor de edad y era obvio que había consentimiento), pero lo peor es que le había mentido y se había expuesto a los ojos, bueno, al ojo del Tuerto.

El padre Dave, enfurecido, se retiró con un fuerte dolor de pecho, tratando de tranquilizarse para que no le fuera a dar un ataque cardiaco. En realidad, el dolor de pecho se debía a una indigestión con frijol en salsa de chile rojo, pero eso entonces no lo sabía. A pocos pasos se le presentó como saliendo de la nada el Tuerto.

—¿Ya ve que tenía razón? Imagínese lo que los católicos van a decir cuando sepan que los pastores evangélicos están convirtiendo muchachas para írselas a echar al río…

—Eso no va a suceder, Tuerto.

—Por supuesto que no, pero mi silencio tiene un precio.

David Griffith era un hombre recto y con convicciones. No se iba a dejar chantajear. Con su mano derecha sobre el corazón que latía más fuerte, se acercó al Tuerto y con la mano izquierda logró darle un empujón, que lo dejó de inmediato en el suelo. Después de maldecirlo en inglés, le advirtió que no lo quería volver a ver en la vida y que era mejor que ni se acercara a él ni a nadie de su congregación, si no quería verse en serios aprietos.

El Tuerto maldijo de regreso en zapoteco y se fue de inmediato a la iglesia católica más cercana, donde un sacerdote joven e inexperto, que acababa de llegar con la clara misión de detener las labores de sus rivales evangélicos, estuvo feliz de darle una buena suma de dinero, por la información referente a un «pastor» que abusaba de las menores de edad de su congregación.

El caso fue muy sonado en la región. El joven cura no dejaba oportunidad para sermonear a sus feligreses sobre los peligros que representaba el padre Dave y su falsa religión. La verdad es que las noticias del Tuerto cayeron como saco de oro al sacerdote, pues ya era más de una década en la que la *Iglesia de la Palabra Divina Oaxaqueña* (como denominó el padre Dave a su grupo) había logrado convertir a la mayoría de los habitantes de la región; los católicos eran minoría.

David Griffith era un idealista y en su afán por construir el reino de Dios sobre la tierra, dio cabida a todos los pecadores de la región, *administrándoles la Palabra*, consolando sus penas y, sobre todo, dándoles primero dinero (antes del cisma con su central) y más adelante, ayudándoles con la siembra, la cosecha, construyendo casas; con lo que fuera.

La esposa de Dave le advirtió en más de una ocasión que no podía estar dando el dinero que estaba destinado a construir el templo —el cual por lo mismo no se podía terminar—, pero Dave le contestaba que como decía la Biblia, había que buscar primero el reino de Dios y lo demás vendría por añadidura… lo cual en mucho tiempo no sucedió. Se acabaron los fondos que venían desde la central en Dakota del Sur y, además, llegó el pleito que concluyó con el cisma. Dave se sintió liberado, pero sus condiciones de vida llegaron a la extrema pobreza, lo cual su esposa no soportó.

No obstante, Dave estaba convencido de que su actuar era el correcto y su sueño religioso lo mantuvo en pie. Y ello, junto con su genuino deseo por ayudar a la comunidad, hicieron no solo que muchos indígenas se convirtieran a su religión, sino que además le compartieran lo poco que tenían para su manutención. Finalmente, su ahora exesposa, que no dejaba de ser una buena cristiana, y un hermano de él le mandaban una pequeña pensión, que siendo en dólares era una gran ayuda.

Todos los padres católicos que mandaban al río Salado no pudieron o no quisieron ponerse a la par del protestante estadounidense; es decir, arremangarse las camisas y ponerse a trabajar la tierra, o construir jacales a la par de los indígenas.

El padre Anselmo del Valle, que acababa de llegar, tampoco estaba dispuesto a ensuciarse la mano y se puso mejor a difamar al padre Dave y lo hizo no solo entre sus feligreses, sino incluso al comenzar a visitar a los miembros de *La Palabra Divina Oaxaqueña*.

Así fue como el idilio entre Lila y Sócrates terminó. La primera fue enviada con un grupo de muchachas a trabajar a la capital del país, para alejarla del escándalo y de las agresiones de los habitantes de la región.

En cuanto a Sócrates, el padre Dave habló con su exesposa para pedirle ayuda. Concretamente, si podía recibir a su discípulo y ver que aprendiera inglés y tal vez pudiera tener una educación teológica. Él no quitaba el dedo del renglón en que Sócrates era *abejado*, y podría llegar a sustituirlo, o incluso expandir su misión. Pero, por lo pronto, había que alejarlo; la gente le arrojaba piedras, lo llamaba violador o, incluso, lo amenazaban con matarlo a golpes.

De mala gana la exesposa del misionero aceptó su petición. El mismo Dave viajó hasta Dakota del Sur para acompañar a Sócrates y dejarlo en casa de quien sería su benefactora, Doris Griffith. Y Sócrates, que era muy *abejado*, no aprendió teología, ni inglés, pero en cambio se convirtió en el amante de Doris y, más adelante, al obtener la mayoría de edad, en su esposo, para poder quedarse en el país del norte y nunca volver a Oaxaca ni al río Salado.

«Se lleva en la sangre», le dijo una mujer al padre Dave, cuando este le contó el triste desenlace años más tarde. «La madre era puta de profesión... y el padre... pues dicen las malas lenguas que era su abuelo».

V
LA HISTORIA DE ROCÍO
DE COMPRAS EN WOOLWORTH

Casandra Suarez era de la misma edad que Rocío. La primera nacida en la capital del país, la segunda en una comunidad indígena oaxaqueña.

El jacal en el que vivía Rocío tenía los mismos metros cuadrados que la vivienda de Casandra, solo que el de la capitalina estaba dentro de un cuadro de concreto en un cubo lleno de viviendas de interés social y, en cambio, Rocío veía desde su ventana sin vidrio milpas por todos lados. Casandra compartía una litera con su hermano menor, Rocío dormía también con su hermano menor, pero en un petate, el cual era curiosamente más grande y cómodo que el colchón de Casandra.

Si se hiciera una incursión en la vida de las dos jóvenes, se encontrarían muchos parecidos, sin embargo, cuando ellas se encontraron, por primera y única vez, en los almacenes Woolworth, parecería que eran seres de dos planetas distintos.

Ambas adolescentes mostraban su vientre, una portando una holgada blusa colorida a tono del huipil zapoteco, y la otra con una entallada camiseta que ya le había costado una llamada de atención de su jefe, en los almacenes en los que trabajaba.

Porque Casandra, viéndose en la necesidad de tener un trabajo para ayudar a su madre, que había sido abandonada por el padre, lo único que pudo lograr, gracias a un acostón con el jefe de planta, fue un puesto de vendedora en los almacenes Woolworth.

La comisionaron a la sección de ropa interior de mujer, pensando que, con sus llamativas vestimentas, tendría experiencia en ese tipo de mercancía.

Casandra pasaba horas preparándose para salir a trabajar, sus ropas eran de mala calidad, al igual que su maquillaje, pero, como ella misma decía, daban el *gatazo* para verse como una chica moderna y *sexy*. Su sueño era encontrar algún hombre mayor con dinero, que cayera enamorado a sus pies y le invitara a llevar una vida más cómoda que la que tenía en compañía de su madre y su hermano menor.

Y en algún momento en realidad sucedió, que un divorciado distraído, por no decir *urgido*, cayó en sus redes. Pero eso sería mucho tiempo después de su encuentro con Rocío.

En cuanto a Rocío, ella se encontraba trabajando como sirvienta en casa de una familia acomodada de la capital, los Santiesteban. Podría decirse que no le iba tan mal, tenía un cuarto para ella sola con su propio baño, aunque, en un primer momento, no supo que una llave proporcionaba agua caliente solamente y otra fría, y que, para evitar quemaduras o resfriados, habría que combinar ambas. Le daban tres comidas al día, muchas veces cosas extrañas como triángulos de pan con una salsa dizque de jitomate dulce con mucho queso derretido y unas ruedas que sabían a plástico. Recibía un sueldo considerable y podía tener un día libre.

Eso sí, su patrona le exigía que lavara toda su ropa a mano. En una ocasión, la señora de la casa se percató de que su hijo con algunos vecinos estaba observando, con mucho detenimiento y entre risas maliciosas, cómo Rocío tallaba la ropa.

—Muchachos pervertidos, váyanse de aquí y ya verán si los descubro otra vez…

Desde la habitación de su hijo, se podía ver el patio de servicio donde, hincada, Rocío con bruscos movimientos tallaba la ropa. Lo que los chicos observaban eran sus pechos, que se veían tras su holgada blusa, en tanto la muchacha no portaba sostén.

—Y tú te me vas en tu día libre a comprar un brasier, no te quiero volver a ver con los pechos así al aire.

Rocío no estaba segura de que era un brasier, pero su patrona tuvo la caridad de explicarle. Le mostró incluso diferentes tipos, pero era mejor que ella tuviera el más sencillo y púdico, además su sueldo no le alcanzaría para comprar gran cosa, pero con suerte había algo barato en la tienda Walmart.

La pobre muchacha no entendió qué tienda, pero su patrona le explicó más o menos dónde estaba y que se escribía con «w».

Llegó el día de descanso, pero sus amigas provenientes de su misma región y que estaban al mismo tiempo trabajando en otras casas no quisieron ir de compras, preferían ir a visitar una feria, donde alguien les había contado que había elotes muy buenos.

Así, Rocío se fue sola preguntando a gente desconocida cómo podía llegar a una tienda donde vendían ropa barata que empezaba con «w», un nombre muy raro, como en inglés. Y preguntando, aquí y allá, finalmente después de un par de horas llegó a Woolworth.

Aunque estuvo equivocada, era un almacén con productos a bajos precios, donde podría encontrar su prenda íntima, y fue así como se encontró con Casandra.

La joven dependienta, que era muy inexperta, ya había sido advertida de que, si no alcanzaba sus cuotas de venta, tendría que buscarse otro empleo. La encargada de departamento no iba a tolerar sus malos resultados, solamente porque se había acostado con un jefe. Ese día, la chica estaba de muy mal humor, no soportaba que la encargada la reprimiera y menos que la amenazara. Estaba harta de su trabajo tan aburrido, de la mala suerte que había tenido de nacer en una familia pobre con un padre maldito que los había abandonado, con una madre llorona que era buena para nada, y en un barrio en el que nunca encontraría a un hombre rico que la sacara de ese infierno.

Ese día pensó que con un poco de suerte su destino podría cambiar. Se maquilló más de la cuenta y se puso ropas apretadas con una exagerada brillantina, que más que atractiva la hacían verse demasiado vulgar.

Aunque en un primer momento pensó que mejor hubiera sido estar en la sección de ropa interior de hombres para así conocer a alguien, el apartado para mujeres no estaba tan mal, en una de esas, algún hombre que buscara una prenda especial para su amada podría fijarse en la joven y enamorarse de ella...

Pero ese domingo, no hubo más que mayoría de mujeres insoportables y hombres que no correspondían a la idea que se había hecho de su príncipe azul.

Ya estaba por terminar su turno, cuando de pronto la vio. Una joven morena con pelo muy negro en una trenza hecha corona alrededor de su cabeza, con unos ojos hermosos, grandes y vivos y una enorme falda negra, con una blusa holgada. «Chale» pensó, «es una india de verdad. Y justo lo que menos necesitaba ahora».

La joven indígena estaba completamente perdida, parecía tener miedo de tocar, veía lo que había en los estantes y volteaba su mirada de un lado para el otro, como si tuviera miedo de que alguien la viera. Seguramente, iba a intentar robar...

—En que te puedo ayudar —dijo de mala gana Casandra a Rocío.

Rocío esbozó una gran sonrisa al verla y para sorpresa de la dependienta, observó que la indígena tenía dientes parejos, grandes y blancos. Luego, sin saber qué contestar, simplemente levantó las manos y los hombros, en señal de que no sabía.

—No puedes estar aquí si no vas a comprar algo, tendré que llamar a seguridad si tratas de llevarte algo sin pagar.

—No, quiero comprar y tengo dinero. —Inmediatamente se sacó de su blusa unos billetes que enseñó a la vendedora.

Casandra, volteó los ojos y tras un fuerte suspiro pensó que lo mejor sería que vigilara la muchacha, pues si de por sí las ventas estaban bajas en su departamento, si se robaba algo, le iría aún peor.

—¿Y qué es lo que quieres?

—Pues un brasier.

—Obvio, se nota que no traes.

Rocío, enrojeció y se tapó con las manos su pecho.

—Además, estás en el departamento de ropa interior femenina, así que no soy estúpida para no saber que quieres un sostén. Pero lo que necesito saber es qué marca, qué color, qué talla…

A Rocío se le llenaron los ojos de lágrimas. Volvió a levantar los hombros y las manos

—*Pos* no sé.

—¿Cómo que no sabes? ¿Eres estúpida o qué?

Rocío se puso a llorar.

—¿Y ahora por qué chillas?

—Es que nunca he tenido un brasier.

—Y entonces para qué lo quieres ahora.

—Porque si no me van a correr de mi trabajo.

Por un momento Casandra sintió empatía, aunque no se demostrara en su mirada despectiva y se disimulara bien con el ruido que hacía al mascar chicle con la boca abierta.

Una mujer que pasó le gritó:

—¿Por qué haces llorar a una pobre india? Si no le vas a dar limosna no tienes por qué tratarla mal.

Rocío le alcanzó a contestar:

—*Pos* si no quiero limosna, tengo dinero, solo quiero un brasier.

Pero la mujer ya iba muy adelante y no alcanzó a oírla.

—Por favor —imploró Rocío— ayúdame, ya va a ser hora de que tengo que regresar y si no tengo el brasier, me va como en feria…

Pero Casandra ya no ponía atención al verse distraída por un hombre bien vestido que se acercaba a su departamento. La dejó de lado y se le acercó al desconocido.

—Muy buenas tardes, ¿cómo le va? ¿En qué le puedo ayudar? —dijo Casandra, coqueta y guiñándole un ojo.

El hombre se le pegó y sintió en su cintura algo frio y duro. Era el costado de la hoja de un filoso cuchillo.

—Te callas el hocico, porque si no aquí te lleva la chingada… te diriges silenciosa a la caja y me das todo el dinero.

Casandra perdió su color, cuando sintió más pegada la hoja del cuchillo. En su sección, no había cámaras de seguridad y, para esos momentos del domingo en la tarde, la única presente era la indígena chillona.

Rocío por su lado se dio cuenta de que había algo raro en aquel hombre. Le recordaba a un narco que había causado muchos problemas en su región, y disimuladamente hizo como que se iba y, al pasar por detrás de la pareja, pudo divisar el cuchillo que aquel hombre apretaba a la cintura blanca de la vendedora, que comenzaba ya a sangrar levemente. Dejó rápidamente sus chanclas para no hacer ruido y se fue a esconder detrás de un cajón lleno de mercancía y desde donde podría ver lo que sucedía, mientras con el corazón acelerado analizaba cuál debería ser su siguiente acción.

En zapoteco, su cerebro le dijo:

«Opción 1: así quedito y bajita la mano, te vas como llegaste. Ventaja: no te involucras ni te pones en peligro. Desventaja: no tienes el brasier y tu jefa te va a poner en la calle».

«Opción 2: vas y dices en buen español a alguien lo que está pasando. Ventaja: tal vez puedan llegar a ayudar a esa muchacha malcriada antes de que la maten. Desventaja: nadie te va a creer, por ser una india».

«Opción 3 … y eso fue lo que hizo».

Cayetano tenía miedo a los perros —en especial porque en su adolescencia uno con rabia lo había mordido — y, en consecuencia, en una clínica del Seguro Social le habían puesto tantas inyecciones en la panza, que lo habían dejado traumado. Sus colegas se burlaban porque era uno de los matones más fríos de una banda de delincuentes, el que menos temía a los peores adversarios, pero no era capaz de actuar si se encontraba un perro cercano, sin importar la raza o el tamaño. Inmediatamente se inmovilizaba y sudaba frío, comenzaba luego a desplazarse lentamente, para luego soltar a correr lo más lejos posible.

Ello le había causado varios problemas, sobre todo cuando estaba en medio de alguna operación criminal importante, pero sus jefes lo perdonaban porque era él quien los sacaba de muchos aprietos en otras ocasiones.

Lo importante, se explicaba así mismo, era distinguir al animal, con la vista escanear el terreno y encontrar la salida más rápida.

Fue por ello que la inesperada mordida de un can en la pantorrilla derecha, dentro de una tienda departamental donde no se permite la entrada a las mascotas, en la sección de ropa interior femenina, mientras asaltaba a una muchacha claramente estúpida y vulgar, fue lo que prácticamente lo aniquiló.

La sorpresa al sentir el mordisco ocasionó que primero tirara el cuchillo y, segundos más tarde, cuando se dio cuenta —o creyó darse cuenta— de lo que sucedía, le hizo entrar en tal pánico que perdió el conocimiento y comenzó a convulsionarse. De lo que no se enteró es que no era un perro quien le había clavado los colmillos, sino una joven oaxaqueña que arrastrándose había llegado, sin ser percibida, hasta su lado.

Lo que a continuación sucedió fue demasiado rápido para quienes pudieran haber atestiguado algo, pero Rocío lo recreó como si viese una película en cámara lenta para contarlo, primero a sus amigas y, tiempo más tarde, al padre Anselmo del Valle.

Al caer el cuchillo al piso, Rocío lo aventó en dirección a Casandra y le gritó algo así como: *«koo nä bä xu tu' ruchi»* (queriendo decir «agarra el cuchillo y defiéndete»). Con la adrenalina tan alta, olvidó que la vendedora solo hablaba español. Al ver que la joven capitalina no entendía, se abalanzó nuevamente sobre el hombre, como medida profiláctica, y le clavó nuevamente los dientes, esta vez en un brazo, lo cual intensificó las convulsiones del criminal.

Casandra instintivamente agarró el cuchillo y apenas lo había tenido unos segundos en la mano, cuando llegó, como respuesta a sus gritos, el guardia de seguridad. Su minúsculo cerebro pensó en las opciones que tenía: la primera contar la verdad y hacer recompensar a la muchacha indígena por su audacia, su valentía y por haber salvado a la tienda de perder todo el efectivo que estaba en la caja del departamento de ropa interior. El problema es que a ella le podría costar su empleo. La segunda opción era, simplemente distraer al mundo del incidente, culpando a la pobre oaxaqueña del tumulto que se había hecho.

—Fue esa india la que atacó a este pobre hombre con este cuchillo, mírenlo, está sangrando, yo se lo logré quitar.

Afortunadamente para Rocío, las carreras no le eran ajenas, tenía un buen entrenamiento desde muy pequeña: primero para no ser alcanzada por una gallina que era muy veloz y sin razón alguna la perseguía para picotearla en la cabeza, luego por un hermano mayor que solía darle de golpes cuando no cumplía sus exigencias, luego por su madre, cuando en respuesta a los golpes del hermano, ella le daba mordidas, luego por un padre borracho que la confundía con la madre en sus momentos de deseos carnales.

Y así, esa tarde soleada de domingo, pudo salir de la tienda de Woolworth con tal velocidad que el guardia no la pudo atrapar, y continuar por las calles, hasta que logró despistar a su persecutor y, en un momento determinado, encontrar el camino de regreso a casa de los Santiesteban.

Desde luego, llegó sin el brasier que tenía que haber adquirido. Afortunadamente la familia no había vuelto aún de un fin de semana en *Aca*, lugar en el que aparentemente tenían una residencia de fin de semana y regresaban siempre quemados por el sol, por lo que Rocío aprovechó para mandar un mensaje de *Guas ap* a sus amigas. Y así, antes de que la *Totis* la pudiera despedir, ella ya había empacado sus pocas pertenencias y convencido a sus compañeras de los peligros y las injusticias de la capital. De manera que, al día siguiente, junto con las otras seis oaxaqueñas, así como llegaron todas juntas un día soleado portando sus huipiles coloridos y sin sostén, así se fueron una tarde de lluvia, todas juntas, con los mismos huipiles, y todavía sin sostén.

VI
LA HISTORIA DE SICARÚ
VIAJANDO EN AUTOBÚS A JUCHITÁN

Aunque la ocasión era triste —el entierro de su tío abuelo Yao— Sicarú estaba muy emocionada de poder viajar sola en autobús hasta Juchitán.

Lo que había escuchado de ese lugar eran como cuentos de fantasía en que las mujeres gobernaban las familias, los mercados mostraban las vestimentas zapotecas más hermosas del mundo, se comían manjares de iguana desconocidos en su región y se admiraban hermosas artesanías dignas de un palacio. Además, vivían ahí los seres míticos llamados *muxes*, que eran la combinación del hombre y la mujer en una sola persona.

Sicarú era una soñadora y una optimista empedernida. Veía en cada cosa la hermosura impuesta sobre la tierra por el Dios que profesaba la *Palabra Divina* del padre Dave, y captaba los más ínfimos detalles de lo que sus sentidos le hacían percibir: desde el ruido del agua lejana del río Salado, hasta el olor del maíz tostado, las tonalidades de las hojas de las milpas y la textura de los diferentes granos de maíz.

Ya desde temprano, aspiraba una leve brisa matinal que asociaría desde ese momento a su viaje a Juchitán, el paraíso Zapoteca, como decían en su aldea. Su madre le había preparado su itacate, y aunque no era nada diferente de lo que comían cotidianamente, esa mañana pareciera como si la salsa de chile rojo fuera más picante y el aroma caliente de las hojas de tamal supiera más a plátano dulce. Ya se le hacía agua la boca de pensar en el suculento almuerzo que podría disfrutar en el autobús…

El autobús… eso era otra cosa que la había tenido agitada por semanas. Era la primera vez que viajaba en ese vehículo que miles de veces había visto a lo lejos desde su niñez y que a pesar de que todo el mundo criticaba los males de aquel transporte, para ella era, en sus sueños, el carruaje que la llevaría a rincones recónditos del mundo zapoteca, para apreciar nuevas flores, nuevos pájaros, nuevos sabores.

—Ay, mija —le gritó su madre—, a ver si ya dejas de estar de babosa pensando en la inmortalidad del camarón, como dice el padre Dave, y te pones atenta… guárdate bien los centavitos que nadie te los vaya a ver, fíjate quién se sienta junto a ti y no dejes que ningún hombre te agarre las piernas. Y quita esa sonrisa de estúpida, que acuérdate que vas a un entierro, no a una boda…

Una boda… —también había escuchado tantas historias de esas celebraciones en Juchitán— si bien no conocía los cuentos de hadas con los que miles de infantes han crecido, en su mente se los había creado y si los escribiera se habría hecho famosa.

Sí, era cierto que iba a un entierro, en representación de su madre, quien estaba adolorida por un aire que le había dado en la espalda. Pero había que ver el lado bueno de la historia: el viaje en autobús, estar en Juchitán, conocer miembros de su familia de ese lado del mundo y, a lo mejor, la ceremonia de los católicos era hermosa, comparada con el simple rito del padre Dave cuando enterraban a los muertos de su aldea.

Su hermano Yaba fue quien la acompañó hasta la parada del autobús.

Aunque menor que ella, ya la iba también regañando por estar siempre en las nubes. El chico estaba preocupado, al igual que su madre, de que le fueran a robar o a faltar al respeto, y se la pasaba contando historias inventadas de mujeres violadas y descuartizadas, que no hicieron que se le borrara a Sicarú la sonrisa de su rostro.

—Yaba, Yaba, ya oigo el rugir del motor del autobús. ¿A que no es hermoso?

—¿Hermoso? Es horrible.

—Y ese olor… agudo y penetrante, pero tan típico.

—¡Es gasolina!

—Dame mi itacate, pues.

El camión paró y se abrió la puerta. El conductor simplemente extendió la mano para que pagara ella el pasaje y le hizo una seña con la mano para que buscara dónde sentarse. Vio hasta atrás un asiento junto a la ventana y se apresuró para tomarlo y pegar su cara al vidrio sucio y así poder admirar todos los detalles del camino.

Empezaba a amanecer, Sicarú se fijó en los tenues colores del cielo, en las montañas y nopales que se apreciaban a lo lejos; algunos parecían tener unas tunas, otros simplemente se veían como viejos e inservibles, como el tío abuelo Yao… sus pensamientos se vieron interrumpidos en el momento en que inesperadamente se detuvo el autobús.

Se abrió la puerta y nuevos pasajeros subieron. Una mujer que llevaba una gallina en una improvisada jaula y un joven hombre que claramente no era de la región.

Quedando tan solo un lugar en el autobús, este se fue a sentar junto a Sicarú. No hablaba zapoteco, y en español le pidió que le cambiara de lugar porque fácilmente sufría de mareos y prefería ver por la ventana el horizonte, para evitar la náusea.

Sicarú, que era muy observadora, se fijó en cada detalle de aquel joven. Era guapo, no había duda, bastante blanco, aunque sus cabellos lacios eran negros, al igual que un incipiente bigotillo que parecía como de adolescente que quiere presumir. Sus ojos eran penetrantes, su vestimenta bastante simple.

Sicarú no estaba acostumbrada al castellano, por lo que le costó un poco de trabajo entender lo que aquel desconocido le decía. El hombre lo tomó esto como una falta de respeto.

—Te estoy pidiendo que me cambies el lugar; por favor obedece.

—¿Obedecer, *pos* quién es usted?

—Soy padre.

—¿Padre?

—Sí, sacerdote de la Santa Iglesia. —Sicaru no sabía que era un sacerdote.

—Cura, párroco, pastor de la Iglesia.

—¿De la *Iglesia de la Palabra Divina Oaxaqueña*?

—¡No! De la Iglesia Católica.

—Y ¿cómo se llama?

—Padre Anselmo del Valle. Y ahora cámbiame el lugar.

Cuando María de las Mercedes, la menor de seis hermanas —y la única que se casó— pensaba que había alcanzado a sus hermanas mayores en ese horrible estado conocido como la menopausia, ni siquiera imaginó que en realidad sus cambios hormonales se debían a un inesperado embarazo.

Tanto ella como su esposo estaban convencidos de que su generación sería la última de ambas familias, que en la ciudad de Puebla eran conocidas por su comprometida labor pastoral y ferviente catolicismo.

María de las Mercedes y su marido Eusebio eran también fieles devotos, y ambos se habían convencido de que era la voluntad del Señor no tener descendencia, después de que durante años de matrimonio no hubiesen logrado *encargar*. Por ello cuando el médico confirmó el estado de Mercedes, su esposo le dijo que, si la criatura lograba nacer, pese la avanzada edad de la madre, y estaba en buenas condiciones físicas y mentales, era porque Dios nuestro Padre tenía una misión especial. Las cinco hermanas mayores de su esposa estuvieron de acuerdo con tan acertado pronóstico.

Un pequeño varón vio la luz del mundo un 21 de abril, día de San Anselmo, arzobispo italiano en Canterbury y Doctor de la Iglesia, y de quien el bebé tomaría el nombre. Ese mismo día los médicos dijeron a Eusebio del Valle que su hijo estaba bien, pero que las posibilidades de que la madre sobreviviera al parto eran reducidas. Entonces Eusebio, de rodillas, teniendo como testigos a sus cinco cuñadas, frente al Cristo de la Catedral de Puebla, prometió que, si Dios salvaba a su esposa, le entregaría a su hijo como sacerdote de la Santa Madre Iglesia Católica.

María de las Mercedes sobrevivió. Y fue así como en los primeros diez años de vida, el pequeño Anselmo escuchó diariamente, cada noche al hacer las oraciones antes de dormir, que Dios había salvado a su adorada madre gracias a que él sería uno de los pastores de su Iglesia; y que seguramente nuestro Señor Jesucristo le tenía un papel de suma importancia, al haberle permitido llegar a este mundo cuando todas las circunstancias parecían imposibles. Se le comparaba entonces con San Juan Bautista, pero al pequeño más que halagarle le causaba terror, pues conocía muy bien como habían acabado los días del primo de Cristo.

A los once años Anselmo se mudó definitivamente a la casa de sus tías maternas. Si bien Dios había salvado a la madre en el parto, no lo hizo cuando la familia sufrió un accidente de autobús en un viaje de peregrinación a la Basílica de Guadalupe, donde no solamente María de las Mercedes fue a presentarse ante el Creador, sino que fue acompañada también por su fiel marido.

Y desde el momento en que el joven huérfano entró en la casa de las tías María Guadalupe, María Concepción, María Dolores, María de la Soledad y María del Refugio, supo que sus días estaban contados, antes de que se mudara ante la primera oportunidad al Seminario Menor para comenzar la carrera a la cual estaba destinado.

Al llegar el temido día, el sacerdote encargado de las admisiones habló con las señoritas tías de Anselmo:

—No estoy seguro de que este niño tenga ni la vocación ni el temple ni la disciplina y, disculpen ustedes, ni la inteligencia que se requiere para ser sacerdote.

Ahí en la oficina estaban las cinco viejas, todas vestidas de negro, todas con esas caras de ancianas provincianas que se jactan de su preferencia por: «vestir santos contra desvestir borrachos» y su supuesta piedad que disfraza su devoción por calumniar, difamar y hacer la vida de cuadritos a varios de sus colegas parroquianos. Con su verruga protuberante en la mejilla izquierda, María de la Soledad se puso de pie y le dijo sin más al cura admisorio del Seminario Menor:

—Es la voluntad de Dios nuestro Señor y de su Santísima Madre (de nuestro Señor, no la de usted) que este niño sea sacerdote.

A continuación, explicó las circunstancias en las que había nacido y el milagro de la supervivencia al parto de su hermana María de las Mercedes.

—Además, nosotras somos ya muy mayores y nos quedan muy pocos días de vida, no nos podemos hacer cargo de un hombrecito, que cuando llegue a la adolescencia estará tan susceptible a caer en los peores pecados. Y finalmente, recuerde usted la labor y las contribuciones que con nuestra vida hemos hecho cada una de nosotras cinco para la manutención y el buen funcionamiento de este seminario.

Y fue así como Anselmo entró al seminario, no sin antes haber sido recordado por las devotas tías que muy probablemente su misión era especial, por los signos que Dios había dado durante su vida.

Las cinco tías llegaron a muy avanzada edad, todas con excelente salud. Cuando finalmente Anselmo se ordenó sacerdote, dijeron:

—Ahora sí nos podemos morir, nuestra misión de asegurar que Anselmo cumpla con su destino se ha cumplido. —Pero ninguna se ha muerto todavía.

María Dolores, la tía más adaptada a los avances tecnológicos, leyó en voz alta a sus hermanas el *e-mail* que acababa de escribir a su sobrino, para que dieran su consentimiento y últimas propuestas, antes de presionar «enviar»:

—Queridísimo sobrino, o habremos de decir «Padre Anselmo del Valle», nos hemos alegrado muchísimo de recibir noticias (aunque muy breves) tuyas. Estábamos ya preocupadas las cinco, pero has de saber que, como siempre, desde el día en que supimos que nuestra querida hermana María de las Mercedes te llevaba en su vientre (Dios la tenga en su gloria junto a su devoto marido Eusebio) no hemos ni un solo día, NI UNO SOLO, dejado de rezar a nuestro Santo Padre y a la Santísima Virgen María, para que te protejan y te llenen de sabiduría y te muestren el camino de tu destino.

»Nos ha alterado tu disgusto con la decisión de que has de partir a Oaxaca, a nosotras también nos disgusta, pero debes pensar que tienes una misión muy clara: traer de regreso al rebaño a todas esas ovejitas que se han ido tras un lobo disfrazado con piel de oveja… ¡lo dice la Biblia! Y tú, querido sobrino nuestro, comenzarás así a preparar una misión aún más grande que tiene nuestro Señor para ti. No olvides el voto eterno que hiciste de OBEDIENCIA y recuerda que por algo pasan las cosas, tu destino es grande y tal vez sea esta la oportunidad para que se defina.

»De nosotras, tus pobres tías, no has de preocuparte… nuestras enfermedades y nuestra fragilidad son solo la señal de que se acerca nuestro encuentro con Dios, nuestro Padre, y confiamos en que el sufrimiento terreno sea el castigo que disminuya nuestra pena purgatoria, antes de poder reunirnos con nuestra hermana y tu padre. Pero, antes de morir, no nos dejes sin noticias, que es lo único que alegra nuestro existir. Que Dios te bendiga. Tus tías que te adoran: María Guadalupe, María Concepción, María Dolores, María de la Soledad y María del Refugio.

«Enviar».

Ahora Anselmo tenía que hacer un viaje en autobús de tercera clase hasta un pueblo feo y pecaminoso, para presentarse ante el obispo y entender cuál era exactamente su misión en aquel lugar perdido a donde había sido enviado.

Y lo peor era el viaje en autobús, pues le avivaba el recuerdo de aquel accidente en su niñez en el que perdió a sus padres. Cuando le avisaron en el hospital que mamá y papá se habían ido al cielo, su único deseo fue irse de este mundo y alcanzarlos, pero ya sus horrendas y malvadas tías se encargarían de vigilarle cada momento y recordarle que tenía que cumplir una promesa divina y acatar su misión, si no quería arder en el fuego eterno, lejos de la gloria en la que se encontraban sus padres.

Cuando en el pasillo del Seminario Menor escuchó como sus tías negociaban y convencían al encargado para que lo recibieran y así deshacerse de él, pensó que tal vez no sería tan grave entrar en esa institución: al menos su vida sería más divertida al poder convivir con otros niños, que si se quedara con esas viejas *zopilotas* que le hacían la vida imposible.

Pero la realidad fue diferente a sus deseos. La vida en el seminario era dura para un niño que los primeros diez años de vida había sido sumamente consentido como hijo único de padres mayores, y si bien en la casa de las tías estaba también encerrado y atiborrado de rezos y plegarias, no se comparaba al rigor ni a la disciplina del seminario.

Anselmo no era bueno para los deportes ni tenía tampoco alguna habilidad que lo distinguiera, por lo que pronto se convirtió en el blanco de burlas y abusos de sus compañeros. Y varias veces pensó en el suicidio, pero uno de los sacerdotes mayores, que le había tomado especial cariño por ser el único de los jóvenes que se dejaba acariciar por el viejo, se convirtió en su mentor y le hizo ver las ventajas que tendría al pasar el tiempo y ser un sacerdote independiente.

Aquel viejo nunca abusó de la inocencia y debilidad de Anselmo, aunque se deleitaba secretamente con las caricias y besos inocentes que le daba a aquel adolescente y, a cambio, aunque no fuera directamente su intención, fue la persona que le ayudó a salir de su depresión crónica tras la muerte de sus padres.

Anselmo supo entonces que no tenía realmente vocación sacerdotal, pero que esta era la única posibilidad que tendría para ser independiente; no conocía ningún otro oficio ni tenía ningún familiar fuera de las odiosas tías ni ningún amigo o conocido fuera de los muros del seminario. El viejo cura que seguía dándole una nalgada al despedirse de él ya aún siendo adulto le recordaba que, aún sin piedad ni vocación, podía llevar una buena vida siendo empleado de la Iglesia… y, además, quién sabía si fuese verdad que él tuviera una misión especial y llegase a ser grande.

En esto pensaba Anselmo cuando esperaba el camión para irse a Juchitán. Al subir, vio un solo asiento, junto a una indígena que estaba a la ventana. Bueno, al menos ser cura tendría la ventaja de que le cediera el lugar, aunque no se esperaba que aquella muchacha fuera protestante y no tuviera respeto por un sacerdote.

Después de una larga negociación, finalmente consiguió el asiento que quería, y ya en la ventana lo primero que pudo divisar fue el camión que en sentido opuesto comenzaba a rebasar a otro vehículo, en un trayecto que evidentemente no era lo suficientemente largo para evitar una colisión con el autobús en el que viajaba…

Fueron fracciones de segundos en las que Anselmo se transportó a la misma sensación sufrida en su infancia, el día en que perdió a sus dos padres, y se preguntó si había llegado la hora de encontrarlos; si realmente había una vida del otro lado o si esta vez se libraría porque no había culminado su misión.

Dos factores decisivos salvaron su vida otra vez en esta ocasión: el primero, el hecho de que el chofer instintivamente se desviara hacia la derecha, cuando se percató de que el choque era inevitable y el segundo, que él estuviera sentado en la última hilera junto a una ventana del lado izquierdo, quedando así por encima de los heridos cuando el autobús se volteó.

Aunque sumamente adolorido, y sin saber exactamente qué sucedería después, al percatarse de que la joven indígena bajo él estaba viva, supo que él también sobreviviría.

Pasaron varias horas antes de que pudieran ser rescatados y llevados a un hospital y fue durante esas horas que Anselmo y Sicarú entablaron una conversación que abriría la puerta de un nuevo capítulo de la vida del Padre Anselmo: su introducción a la vida de las siete lavanderas del río Salado.

En esos momentos Sicarú no sabía que, tras el accidente, su abuela la enviaría con otras muchachas a la capital del país para trabajar como domésticas y enfrentarse a un mundo completamente distinto y mucho más misterioso que el del paraíso zapoteca, Juchitán. Tampoco se imaginaba que volvería a ver al padre Anselmo ni que se escribiría un libro sobre sus vidas ni de que viajaría a muchas otras partes más de la República.

En esos momentos, Sicarú trataba solamente de quitarse de encima al cura, quien tampoco se podía mover por tener un pedazo de metal enterrado en un brazo. Y fue así como comenzó la conversación entre ambos.

—Necesito que se mueva para yo poder salir.

—No me puedo mover porque tengo un fierro enterrado en un brazo, a menos de que tú te quites.

—Estamos atrapados… ¿y ahora que hacemos?

—Por lo pronto rezar, pero seguro tú ni sabes…

—Padre nuestro que estas en los cielos…

—Pensé que no eras católica.

—En La Iglesia de la *Palabra Divina Oaxaqueña* también rezamos.

En mal español, Sicarú le contó al padre Anselmo sobre la Iglesia a la que pertenecía, sobre el padre Dave, sobre lo que creían y practicaban, y cómo es que el pastor evangélico había logrado convertir a tantos indígenas.

Anselmo estaba impresionado por la estrategia y las tácticas de su rival protestante y le surgió una especie de envidia. Si bien no llevaba una vida a la que él hubiese aspirado, le intrigaba el hecho de que había logrado tener tantos adeptos que fielmente le seguían y estaban dispuestos a dar su vida por lo que ese extranjero les hizo creer.

Tal vez en realidad era cierto que tenía que vivir por tener una misión y que, como sus tías lo proclamaban, esa era la de cumplir con la tarea de regresar a las ovejas que se habían ido con el lobo a su rebaño.

Sicarú no tuvo reparo en contarle al padre Anselmo todo lo que ella sabía sobre el padre Dave. Sobre la pelea que había tenido con sus superiores, su cometido incompleto de construir el templo por gastar el dinero en rescatar milpas de los fieles, de la decisión de su mujer de irse a su país, y de su discípulo Sócrates a quien preparaba para ser su sucesor.

También le contó de su prima Ada y de las otras muchachas con las que lavaba en el río, y así el joven cura comenzó a darse cuenta la importancia que tenían las mujeres en cuestiones religiosas; detalle que guardaría para más adelante.

Sicarú, con un brazo libre, logró sacar algo de comida de su itacate y darle de comer en la boca al joven sacerdote. Este, conmovido y agradecido, hizo algo que hasta entonces nunca había hecho: contarle a alguien su historia.

—Si salimos de esta con vida, entonces es cierto que Dios tiene una misión para mí y, en consecuencia, también para ti. Y esta será la señal de que mi religión es la verdadera. Prométeme entonces que irás a buscarme a mi Iglesia y que trabajarás conmigo para llevar de regreso a mis ovejas al rebaño.

—¿Qué son ovejas?

Sicarú creyó que en realidad el padre Anselmo había perdido unos borregos; le prometió que le ayudaría a rescatarlos.

En ese accidente hubo varias personas que murieron; unas en el instante, otras más adelante mientras la joven y el sacerdote hablaban, o bien posteriormente en el hospital.

Un médico le dijo a Anselmo que, gracias a la posición de la joven, él se había salvado por haberle proporcionado una especie de colchón que le impedía que el fierro le hiciera más grave la herida y se terminara desangrando en ese momento.

A Sicarú le dijeron que solamente ella, el sacerdote y una gallina habían sobrevivido (esto no era completamente cierto, pero lo mandó decir Anselmo para convencerle de que dicho accidente era un llamado de Dios para irlo a buscar y ayudarle con sus ovejas perdidas).

Pasaron unos meses en los que Sicarú tuvo que recuperarse de costillas rotas y luxaciones, pero era joven y fuerte y con los cuidados de su madre y su hermano, pronto estuvo de regreso en el río para lavar la ropa.

Supo que tenía que ir a buscar al padre Anselmo y descubrir más verdades sobre Dios y la religión, y, sobre todo, cumplir con su promesa de ayudarle a encontrar a sus borreguitos. Y fue cuando llegó su abuela de Juchitán.

Sicarú lloró en sus brazos por haberla dejado sola en el funeral de su hermano, el tío abuelo Yao, pero sobre todo por nunca haber podido llegar al paraíso zapoteca… como ella vislumbraba Juchitán.

—Por algo pasan las cosas, no hay mal que por bien no venga, dicen allá en la ciudad… y ahora tú volverás a subirte a un autobús, pero esta vez para irte a casa de la niña Yolis, en una ciudad grandota, grandota, con tantas cosas como no te puedes imaginar. Yo cuidaba a la niña Yolis de chiquita, ahora tu cuidarás a sus hijos.

La madre de Sicarú conocía las historias de la abuela cuando de joven estuvo en la ciudad, que incluían su propia concepción y nacimiento, pero Sicarú estaba tan emocionada con el prospecto de la nueva aventura y había sido tan bien preparada cuando se disponía a ir a Juchitán, que no pudo detenerla.

Pronto Sicarú respiraba emocionada el olor de la gasolina del autobús y se saboreaba el contenido de su itacate. Mientras las otras muchachas con las que viajaba discutían sobre mil temas, ella pegada a una ventana sucia absorbía cada detalle del largo camino hasta la capital.

Además de todas las aventuras que vivió en la gran ciudad, tuvo la fortuna de entablar una gran amistad con las otras muchachas y se enteró de tantas historias…

Tenía mala conciencia de no haber ido a ver al padre Anselmo, pero supo que andaba por ahí dando lata, cuando se dio a conocer el amorío de Lila y Sócrates. Ya lo iría a buscar cuando regresara de la capital… si es que un día regresaba.

Un día, la señora Yolis, con quien trabajaba en la Ciudad de México, la llevó con ella y con sus niños a un lugar llamado Puebla. Mientras visitaba a unas amistades, le dio libertad para que se paseara por el centro. Al estar admirando la construcción de la catedral, vio como cinco ancianas vestidas de negro salían de la Iglesia. Una de ellas no vio un escalón y se cayó, mientras que las otras espantadas no supieron qué hacer. Sicarú se apresuró a ayudarla y a acompañarla del brazo hasta su casa, que no estaba lejos del centro. Una vez ahí la invitaron a pasar porque comenzaba a llover, para que no se mojara y con su *interné* pudiera enviar un *Guas ap* a su patrona, para que la fuera a buscar.

Lo primero que Sicarú vio al entrar fue la fotografía del recién ordenado padre Anselmo del Valle. Y entonces reconoció a las tías María Guadalupe, María Dolores, etc., etc. Se había olvidado de que la ciudad a la que iban era el lugar natal de aquel joven sacerdote con quien había estado bajo un autobús durante varias horas. Las viejas no le creyeron que conocía a su sobrino y la echaron de la casa, pero Sicarú estuvo convencida de que ella también ahora recibía una señal divina.

Al poco tiempo, emocionada, fue la primera del grupo en secundar el impetuoso regreso a la región del río Salado en Oaxaca. Y lo primero que hizo al llegar fue ir en busca del padre Anselmo a su Iglesia. Le contó emocionada de la señal y también las historias de todas sus compañeras. El padre Anselmo le pidió que las llevara con él y fue así que él creyó tener una nueva señal: no solo la de convertir a las jóvenes a su Iglesia, sino la de llegar a ser autor *bestseller* contando sus vidas.

Al final, no logró ninguna de las dos cosas, aunque sí escribió un libro que permitiría a Sicarú volver a aspirar el olor de gasolina y escuchar la melodía del motor de un autobús y finalmente poder llegar hasta el paraíso zapoteco y poner una bella ofrenda de flores para su tío abuelo Yao en el panteón central de Juchitán.

VII
LA HISTORIA DE YELA
HACERSE VEGANA

—Esta muchacha lo que tiene es anemia —dijo el médico a la señora Reynoso.

—¡Ayyyy, doctor!, y cómo no va a ser si no quiere comer *absoluta-mente na-da* que sea de origen animal, así que se la vive de lechugas y zanahorias… por eso se anda desmayando yo creo, ¿no?

—¿Entonces eres vegana?

—No doitor, soy zapoteca.

—Quiero decir, ¿no comes producto animal?

—No.

—¿Y me quieres explicar por qué? Yela se puso a llorar.

—Bueno, muchacha, no te apures. Señora, le voy a recetar unos suplementos y un polvo en proteína y le recomiendo que le dé alimentos como tofú, tempe, etc.

—¡Ay, doctor! El tofú no sabe a nada.

Ya en el coche, Mago Reynoso le advirtió a Yela que le compraría los suplementos que el doctor le recetó, pero lo descontaría de su sueldo… a menos que *se pusiera las pilas* y se dejara de estupideces y comiera lo que se le ofrecía, pues ni que estuviera viviendo en un hotel de cinco estrellas.

Yela solo bajaba la cabeza. Que por qué no quería comer nada de origen animal, le preguntaba una y otra vez, pero la muchacha no contestaba.

—El domingo no sales con tus amigas —le dijo la señora de la casa en cuanto regresaron del médico—. Si estás tan débil para trabajar, no tendrás tampoco fuerzas para irte de paseos, eh.

Yela se fue a su pequeña habitación y se echó a su cama a llorar. Era tan infeliz en esa casa, cómo extrañaba la milpa y a la *Bidxaa* —es decir, la bruja de la región, quien la había acogido cuando el terrible suceso de su niñez le cambió la vida—.

La joven se quedó dormida y soñó con Tokoyi. Llegaba frente a ella con su amplia sonrisa y sus dientes chuecos que parecía que estuviera riendo. Yela y sus hermanos se reían con él y le buscaban algo de comer, mientras le acariciaban el cuello y dejaban que su cabeza se restregara contra la de ellos.

El padre de Yela había conseguido un burro para transportar los elotes que cosechaban en la pequeña milpa del abuelo. Y desde el inicio Yela y sus hermanos se habían enamorado del animal.

Si alguien hubiese visto desde fuera la escena, hubiera querido guardarla en una pintura: cuatro niños descalzos con apenas algo de ropa, desgreñados y piojosos, doblándose con las manos sobre el vientre, mientras carcajeaban cuando el burrito (Tokoyi) rebuznaba o cuando mostraba sus dientes disparejos como si estuviera riendo también con ellos.

Pero el amor por Tokoyi también les causó varios golpes a los hermanos por el padre, tras que sus hijos se le enfrentaran por maltratar al burro o cargarlo con demasiado peso.

Un día el padre murió. Entonces la madre anunció que vendería al burro porque estaba viejo: ya no podía cargar tanto, había que alimentarlo y, en fin, era una molestia y el dinero lo necesitaban. Esa tarde los niños lloraron, no por la muerte del padre alcohólico y golpeador, sino por la posibilidad de perder a quien consideraban su mejor amigo.

—¿Te acuerdas, mamá una vez que mi papá te andaba pegando y Tokoyi llegó y le dio una patada? —decía Yela entre lloriqueos, lágrimas y mocos.

Pero nadie quería comprar un burro viejo, que en realidad no servía para nada.

Y la madre tuvo que irse al otro lado del río a buscar al pastor protestante, para ver cómo la podía ayudar, porque con cuatro niños y una milpa en ruina que no daba para nada, los estaba alcanzando el hambre.

Por la tarde comenzó a llover y subió el agua del río por lo que la mujer no pudo regresar a su casa; se preguntaba como estarían sus hijos, que no podían solos hacer una fogata y que con el frío que la lluvia traería se iban a congelar.

Pero Tokoyi, que no quiso mojarse, entró en el jacal donde estaban los cuatro pequeños titiritando de frío, se echó al piso y los invitó a que se acurrucaran con él, y los chiquillos sintieron el abrigo de su pelaje, en el que sus piojos se confundían con los de ellos. Y así los cinco compartieron el calor de sus cuerpos y pasaron una noche en la que no solamente el frío perdió su relevancia, sino que los hermanos se sintieron protegidos por el animal y su miedo causado por los truenos cesó.

Yela, la niña mayor, recordaría esa noche como una de las más bellas en las que sabiéndose protegida y en compañía de sus hermanos, y bajo el cobijo del animal, durmió arrullada por el sonido de la lluvia. No había ya padre borracho que entrara a pegarles ni madre que quisiera quitarles a su burro; el hambre, el frío, la incertidumbre y todos esos sentimientos que los niños no deben sentir habían desaparecido.

Al alba Tokoyi rebuznó, despertando a los niños que no paraban de reír. La risa causaba más rebuznos, y así un círculo vicioso rompía el silencio de la madrugada en el campo.

La madre regresó después de un par de días. Yela había recolectado algunas frutas silvestres y hierbas que había dado de comer a sus hermanos. Por las noches se abrigaban al calor de Tokoyi y así habían sobrevivido esos días. La madre había podido llevar unos tamales en hoja de plátano, que la familia comió y las hojas se las dieron al animal.

Como nadie quería dar dinero por el asno, la madre de Yela accedió a que se quedara para darles cobijo en la noche, con la condición de que Yela se encargara de buscarle alimento en el monte y que se asegurara de limpiar las necesidades del animal si las hacía dentro de su jacal.

Cuando comenzaron las temperaturas altas, hubo que sacar a Tokoyi de la habitación, pues el calor era insoportable, aunque a Yela le preocupaba la salud del viejo burro. Un día les dijo a sus hermanos que lo mejor sería que, mientras ella iba en busca de comida al monte, ellos llevaran al animal al río para refrescarlo y quitarle el mal olor.

Tokoyi no quiso meterse al río Salado, que esa mañana llevaba una fuerte corriente, como intuyendo lo que le podría suceder. Pero los chicos lo empujaron al agua y no contaron con que la corriente se lo llevaría río abajo y ellos no podrían hacer nada por rescatar a su mascota, su mejor amigo.

Pese a las recriminaciones de su madre, Yela se fue esa misma tarde a buscar a Tokoyi, caminando junto al río, pero llegó a un punto en el que no podía avanzar a pie, por lo que tuvo que rendirse.

Los siguientes días fueron de mucha tristeza para Yela y de peleas con sus hermanos por haber metido a la fuerza al burrito al río. Ya no había risas ni rebuznos ni paseos al monte para buscar comida. Pero por ahí andaba aquel miserable ogro que llamaban el Tuerto y, un día de mucho calor, se le acercó a Yela para decirle que él había visto a Tokoyi y le podía decir dónde estaba.

La chica estuvo feliz, buscó a sus hermanos para no tener que irse sola con el Tuerto, y caminaron río abajo bajo un fuerte sol. De pronto un terrible olor llegó a sus narices y a continuación un ruido espantoso que aún no conocían. El Tuerto les indicó con la mano por dónde tenían que seguir, mientras reía con maldad. Apenas cruzaron los matorrales cuando sus gritos se confundieron con los alaridos de los zopilotes que peleaban por picotear las vísceras de Tokoyi, que yacía tieso con los ojos y el hocico abiertos.

Yela fue la que más traumada quedó al confrontar ese espectáculo. Las siguientes semanas estuvo en estado de conmoción, sin comer, sin dormir, sin hablar. No reaccionaba, primero a los besos de su madre ni más adelante a sus golpes. La madre pensó que iba a morir. Fue entonces que buscó a la *Bidxaa* de la región.

Nadie sabía, ni ella misma, cuál era originalmente su nombre. Su madre supo que, al ser su única hija, estaba destinada a iniciarse en el rito de la brujería al alcanzar su primer ciclo menstrual. ¿Qué cuándo fue eso?, no lo recordaba, pues en esas tierras cercanas al río Salado todos los días eran iguales, las estaciones ya no estaban tan marcadas como antes y las cuentas de los cambios de luna ya las había perdido desde hace mucho.

Pero en su memoria seguía viva esa noche en que, revolcándose en cenizas junto al río, la poseyeron los espíritus de sus antepasadas, y ahí junto a su madre se volvió bruja.

Lamentablemente, la madre falleció al poco tiempo y fue muy poca la sabiduría que le pudo transmitir, pero ella, investida por los espíritus de su abuela, bisabuela y tatarabuela, supo guiarse por la vida y aprender cómo había que comportarse para transformarse en animal y poder así actuar conforme a sus necesidades. Y lo más importante: cómo convivir con la naturaleza para ser su aliada y no su víctima.

¿Que si Yela podía ser también *Bidxaa*?... esperaron una noche de luna llena en la que su vientre fue examinado. No, la chica no descendía de linaje brujo y en su piel desnuda no se encontraron ninguna de esas señales que descubren el destino de las hechiceras. Tampoco ninguno de los animales con los que se cruzaron la reconocieron, porque la mayoría eran *Bidxaa* que habían adoptado sus formas para poder chupar la sangre de los durmientes.

Pero los años que Yela vivió con la *Bidxaa*, entre el fin de su niñez y el inicio de su adolescencia, fueron suficientes para que la chica aprendiera las lecciones más importantes de la brujería y la medicina tradicional.

Cuando Yela cayó en estado de depresión tras el terrible descubrimiento del destino de su burro después de haber sido arrastrado por el río, su madre supo que solamente la bruja de la región podría ayudarla. La buscó durante varias noches, pues nadie sabía —ni el Tuerto— dónde exactamente vivía ni por dónde deambulaba ni tampoco si era cierto eso que se decía que vivía de noche y que a veces se transformaba en animal.

Cuando finalmente dio con ella, la *Bidxaa* aceptó atenderla, pero como pago requería que le dejaran a la muchacha con ella. La madre no tuvo otro remedio que aceptar, ella no podía pagar un médico y viendo las condiciones de su hija, sabía que, si la quería salvar, tendría que separarse de ella para siempre.

Una vez aceptado el trato, la vieja dijo que iría a buscar a la niña una determinada noche, y ello sucedió una semana más tarde. Al llegar al jacal, pidió a la madre que sacara a los otros niños para que no la vieran y luego prendiera un fuego para iluminar la habitación. La luz y el calor hicieron que Yela abriera débilmente los ojos y cuando vio que la bruja le extendía la mano, la tomó sin ningún reparo y se fue con ella.

A base de caldos y tés, poco a poco la niña fue recobrando su fuerza, su apetito y las ganas de vivir. Estaba fascinada por la forma de vida de la vieja y los misterios que guardaba, de los que ella quería aprender.

La bruja era ya muy anciana, no sabía su edad exacta, pero calculaba por las arrugas de su vientre que andaría en los noventa. Cada vez tenía menos fuerza y movilidad y por ello tener una chica saludable le era gran ayuda para hacer todas las tareas necesarias.

Cuando Yela, orgullosa, capturó una gallina perdida que se había escapado de algún corral, para hacerla caldo, recibió su primera reprimenda. Todos los animales son intocables —y muchos de ellos son la forma que adoptan los *Bidxaa*— por lo que nunca deben comerse, porque ellos causaran entonces las enfermedades más lentas y dolorosas que ningún médico podrá curar. Lo mismo si se bebe la leche que está destinada a preservar a sus crías o los huevos que portan su descendencia. Por ello, las brujas viven tantos años, porque al no ser malditas por comerse a sus semejantes, no padecen las enfermedades de los humanos.

Yela entonces aprendió a cocinar y a comer lo que el universo ha dispuesto para las personas. Distinguió las yerbas que nutren los cuerpos sanos de las que envenenan las almas de los malditos. Conoció las piedras que calman los nervios y las que excitan y exaltan las carnes. Aprendió a lavarse con pelos de elote para evitar el embarazo al cohabitar con algún hombre, y las combinaciones de tierra para marchitar los miembros de quienes quisieran amarla sin su consentimiento.

Pero la lección más importante fue la de cómo descubrir a los *Bidxaa* en los animales.

Viviendo con la bruja, Yela perdió también la cuenta de los días y de los años. Para ambas mujeres existía solamente el día, la noche, el frío, la lluvia y el calor. Siempre que había luna llena, bajaban al río Salado a purificarse, pero siempre de noche para no ser vistas.

Las mañanas estaban dedicadas a buscar todo lo que el universo otorgaba a la humanidad para beber y comer. Por las tardes se dormía y por las noches siempre al calor del fuego, que nunca se apagaba en el jacal de la bruja, se trabajaba ardua y pacientemente en moler semillas, secar hojas, desgranar plantas, fabricar hilos, combinar yerbas y aprender a observar los movimientos, sonidos y miradas de todos los animales con los que se pudieran cruzar, para distinguir cuáles eran hechiceros aliados y cuáles enemigos.

Y Yela era feliz. Estaba frustrada de saber que no podría ella misma ser *Bidxaa*, pero su intención era actuar y vivir como tal y vivir para siempre con la vieja, hasta que ella dejara su cuerpo en la tierra para continuar su andar por el universo a través de algún animal.

Al principio, la madre de Yela se autojustificaba, pensando que había hecho lo correcto para salvar la vida de su hija, y porque ella no la podía ni cuidar ni mantener. Pero era cierto que Yela, al ser la mayor era quien más le ayudaba con sus otros hijos y las tareas del hogar, y quien estaría ya en edad de trabajar para dar apoyo con el sustento de la familia. Además, era la única mujer y por tanto la más cercana a su madre —tenía que admitirlo—, la extrañaba y a veces en las noches lloraba en silencio al recordarla.

Desde que la bruja se la llevó, nadie la volvió a ver, parecía como si la tierra se las hubiera tragado. Pero sabía que no estaban lejos; había quienes decían haberlas visto de noche lavándose en el río, o dejando criaturas llenas de moretones después de haberles chupado la sangre, o robando animales, destruido milpas o secuestrado otras muchachas. Qué de eso era cierto o que no, la madre de Yela no lo sabía.

Las condiciones en la región eran lamentables, por lo que la joven viuda tuvo que hacerse de varios trabajos en las comunidades alrededor del río Salado, y fue así como llegó hasta *La Iglesia de la Palabra Divina*. Los feligreses le tendieron la mano, compartieron con ella comida, ropa para sus hijos y le dieron ropa para lavar en el río y ganar algo de dinero. La condición: asistir al culto los domingos y otras actividades con su familia.

Y le recomendaron que hablara con el pastor de la Iglesia, el padre Dave, sobre la situación de su hija.

El ministro evangélico se escandalizó al enterarse que la brujería se practicaba todavía en esos rincones del mundo, pero, sobre todo, se preocupó de que, disfrazado de ello, se cometieran actos criminales, entre otros el secuestro de jóvenes mujeres. Porque en la región del río Salado se acusaba a las brujas de varias de las tragedias sucedidas, indistintamente si eran por causas naturales o inducidas.

Fue entonces que el pastor se dirigió a las autoridades más próximas para levantar una denuncia.

La madre de Yela dio su testimonio. Y a la policía local le vino de muy buena manera saber que existía por ahí una bruja de verdad, un chivo expiatorio para tantos crímenes que se cometían en esa región, en la que el mismo cuerpo policíaco era partícipe.

Por su lado la *Bidxaa* tuvo la revelación de una iguana que en un sueño le advirtió que ambas mujeres estaban siendo buscadas para ser violadas. No tenía caso escapar ni esconderse, porque las iban a encontrar, lo mejor sería estar preparadas: Yela, con los polvos que quemarían los penes de los agresores y para ella había llegado el momento de dejar su cuerpo terrestre y poseer un animal. Después de varias deliberaciones, decidió que su destino era el de vivir en el cuerpo de una gallina.

La policía dio con la guarida de la *Bidxaa* y con Yela. A la muchacha trataron de violarla, pero ella les aplicó esa pasta a base de distintos tipos de tierra que les quemó de inmediato sus miembros, por lo que al menos pudo escapar de ese suplicio, aunque no pudo librarse de ser aprehendida.

El padre Dave pagó una suma para liberar a la muchacha, a quien se acusaba de haber agredido a dos policías y de haberles practicado brujería.

Y una vez que se la entregó a su madre, esta la puso a lavar ropa en el río Salado para ayudar a la manutención familiar. Pero pasados algunos meses, el padre Dave les recomendó que se fuera con el grupo de muchachas que irían a trabajar a la Ciudad de México. Los policías agredidos, ahora estériles, buscarían venganza y lo mejor era mantenerla lejos por ahora.

En cuanto a la *Bidxaa*, nunca se le encontró. Los reportes policiacos dicen que, en el lugar del crimen, tan solo estaba la muchacha y una gallina.

EPÍLOGO

Concluí la nueva edición del libro de *Las siete lavande-ras del río Salado* un 31 de diciembre, justo antes de cerrar el año, tal como me había comprometido con una editorial.

La crítica fue bastante dura, pero se han vendido varios ejemplares y me he quedado con tres décimos de las regalías.

Mucha gente se ha preguntado qué sucedió con los personajes principales del libro. El padre Anselmo del Valle pudo regresar a Puebla y vive con sus cinco tías, mientras que el pastor Dave continúa con su labor en la región del río Salado y ha reclutado a un nuevo sucesor.

Tras la publicación del nuevo libro de *Las siete lavanderas del río Salado* hubo grandes cambios en la vida de cada una de ellas:

Rosa está a punto de terminar la preparatoria abierta, y está seriamente pensando en hacer una carrera relacionada con las matemáticas.

Estela fue la única que el padre Anselmo logró convertir al catolicismo (bueno no fue él, pero digamos que contribuyó) por lo que ahora sí cree en Dios y no en Quetzalcóatl, y acaba de ser admitida como novicia en un convento de las Clarisas (si algo siempre tuvo claro fue que no entraría al *Opus Dei*).

Ada está comenzando la carrera de leyes, y ha decidido que sus primeros clientes serán los hombres detenidos injustamente por el suicidio del joven canadiense.

Lila se casó y va a tener su primer bebé; se ve feliz, aunque dicen las malas lenguas que la intimidad con su marido no se compara con el placer que le dio Sócrates.

Rocío trabaja en una tienda de ropa tradicional y huipiles en Juchitán y al parecer le va muy bien y es muy querida y respetada por sus clientes.

En cuanto a Yela, fue empleada por un médico chino radicado en la ciudad de Oaxaca, preparando medicina alternativa, y tiene un refugio para gallinas *ancianas* que han dejado de poner huevos. Desde luego sigue siendo vegana.

Y Sicarú tuvo la suerte de volver a Juchitán y disfrutar de una boda —que de hecho fue la de ella misma conmigo— y que celebramos en grande con todo el folklor, colorido, música y sabor juchiteco, y a la que desde luego asistieron las otras jóvenes que llegaron todas juntas vestidas de tehuanas, con sus huipiles coloridos y sus coronas de gruesas trenzas de color negro azabache rodeando sus cabezas. Y de la misma forma que llegaron, se fueron todas juntas discretamente, al terminar la fiesta de dos días, con sus huipiles coloridos y sus coronas de gruesas trenzas color negro azabache completamente intactas.

Locarno, Suiza, 31 de diciembre de 2023.

SOBRE EL AUTOR

Jesús Juan Motilla Chávez nació en la Ciudad de México. Licenciado en Relaciones Internacionales por la Universidad Iberoamericana de México, realizó una maestría en Negocios Europeos en la ESCP Business School en Madrid y Berlín, y tiene un MBA por la ESCP Business School de París.

Publicó su primer libro de cuentos, *Enamorarse a los cincuenta y otros cuentos* (Biblioteca Entropía de Literatura Hispanoamericana), en 2022.

Ha residido en varias ciudades de Alemania, así como en Madrid, Londres y Tokio. Actualmente vive en Suiza.

AGRADECIMIENTOS

En primer lugar debo agradecer a mis padres por su constante apoyo en todo lo referente a mis escritos, no solo moral, sino logístico y administrativo. Gracias en especial mi papá que revisó y solicitó consejos a importantes lectores sobre mi manuscrito.

Varias han sido las personas que han escuchado y apoyado este proyecto, dando consejos, ideas y retroalimentación, en especial mi agradecimiento a Nicolas Jacot, Susann Barahona, Marion Eimann, María Crespo y Monica Arroyo.

Un especial agradecimiento acompañado de mi admiración, a Valentino Del Río, quien con mucha dedicación y entusiasmo creó la pintura que ilustra la portada de este libro, basándose en el manuscrito original y plasmando en su lienzo su creatividad para visualizar en una mujer, los atributos, sentimientos y anhelos de los personajes.

Finalmente, gracias a Hugo León Zenteno y Carla Paola Reyes, de la Editorial Salto al reverso por todo su trabajo, consejos, paciencia y profesionalismo que han permitido hacer este proyecto realidad.

Locarno, Suiza, septiembre de 2024.

ÍNDICE

www.ingramcontent.com/pod-product-compliance
Lightning Source LLC
Chambersburg PA
CBHW021558310726
48972CB00003B/856